于丹品漢字

24節氣・14個歲時節慶

從甲骨文到古詩詞，
邂逅古典時光之美

于丹——著

U0002088

野人

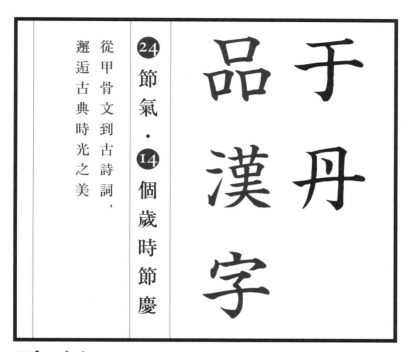

二十四節氣篇

立夏

陽曆5/5~7

頁050

漢字解析：夏、假

代表詩詞：黃梅時節家家雨，青草池塘處處蛙。

黃道位置 45°

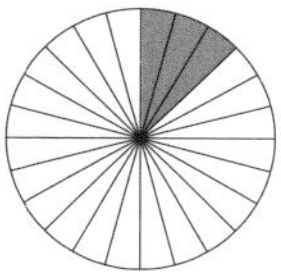

小滿

陽曆5/20~22

頁057

漢字解析：滿、盈

代表詩詞：最愛壟頭麥，迎風笑落紅。

黃道位置 60°

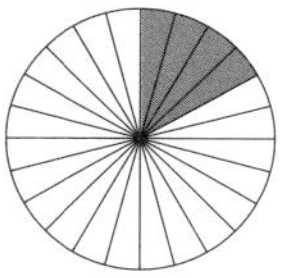

芒種

陽曆6/5~7

頁063

漢字解析：芒、耑

代表詩詞：家家麥飯美，處處菱歌長。

黃道位置 75°

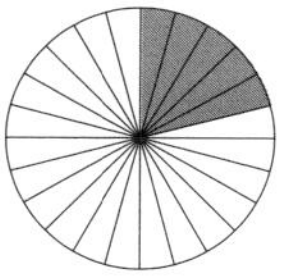

夏至

陽曆6/20~22

頁069

漢字解析：夏、至

代表詩詞：晝晷已雲極，宵漏自此長。

黃道位置 90°

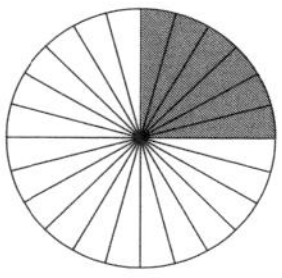

小暑

陽曆7/6~8

頁074

漢字解析：暑、煮

代表詩詞：暑雨留蒸溼，江風借夕涼。

黃道位置 105°

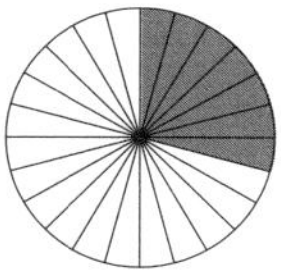

大暑

陽曆7/22~24

頁079

漢字解析：大、伏

代表詩詞：清風不肯來，烈日不肯暮。

黃道位置 120°

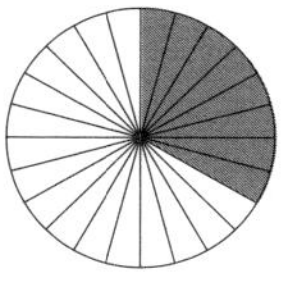

二十四節氣篇

立冬

陽曆11/7~8

頁122

漢字解析：冬

代表詩詞：落水荷塘滿眼枯，西風漸作北風呼。

黃道位置 225°

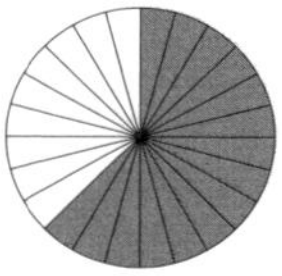

小雪

陽曆11/21~23

頁127

漢字解析：冰、仌

代表詩詞：迎冬小雪至，應節晚虹藏。

黃道位置 245°

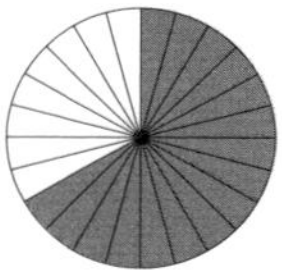

大雪

陽曆12/6~8

頁132

漢字解析：雪

代表詩詞：忽如一夜春風來，千樹萬樹梨花開。

黃道位置 255°

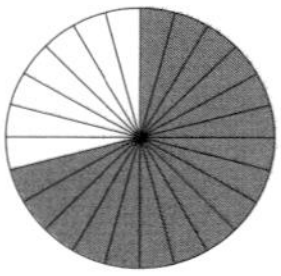

冬至

陽曆12/21~23

頁137

漢字解析：冬、至

代表詩詞：邯鄲驛裡逢冬至，抱膝燈前影伴身。

黃道位置 270°

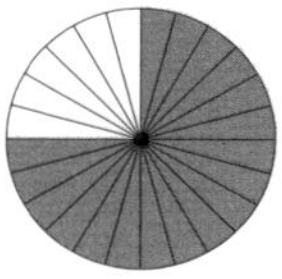

小寒

陽曆1/5~7

頁143

漢字解析：小

代表詩詞：白日隱寒樹，野色籠寒霧。

黃道位置 285°

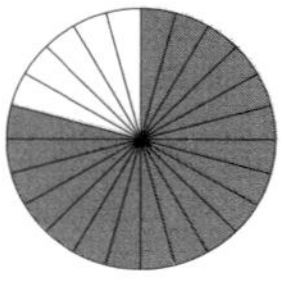

大寒

陽曆1/19~21

頁148

漢字解析：大、乳

代表詩詞：北風利如劍，布絮不蔽身

黃道位置 300°

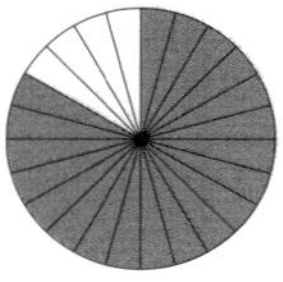

歲時節慶篇

(日期以農曆計算)

日期	節日	漢字解析	代表詩詞	頁碼
三月初三	上巳節	巳、包、觴、爵	三月三日天氣新，長安水邊多麗人。	頁182
三月初十或十一	寒食節	亡、股	春城無處不飛花，寒食東風御柳斜。	頁189
五月初五	端午節	端、午、五	五色新絲纏角粽，菖蒲酒美清尊共。	頁195
七月初七	七夕節	七、十、夕、月	天階夜色涼如水，臥看牽牛織女星。	頁202
七月十五	中元節	中	絳節飄飄宮國來，中元朝拜上清回。	頁211

歲時節慶篇

(日期以農曆計算)

二十四節氣篇。

從二〇一六年十一月三十日開始，二十四節氣正式列入聯合國教科文組織（UNESCO）的人類非物質文化遺產名錄（ICH）。許多中國孩子從小時候起，都熟悉且背誦過〈二十四節氣歌〉：「春雨驚春清穀天，夏滿芒夏暑相連。秋處露秋寒霜降，冬雪雪冬小大寒。」這四句裡，藏著一年四季二十四節氣。你知道這些節氣是怎麼發展出來的嗎？二十四節氣和漢字又有什麼關係呢？

春

最是一年春好處，
絕勝煙柳滿皇都。

立春
雨水
驚蟄
春分
清明
穀雨

立春

亂花漸欲迷人眼，淺草才能沒馬蹄

- 時間：陽曆二月三、四或五日。
- 三候：一候東風解凍，二候蟄蟲始振，三候魚陟負冰。
- 代表詩詞：春度春歸無限春，今朝方始覺成人。（盧仝〈人日立春〉）
- 民俗：吃春餅、鞭春牛、釀春酒。
- 代表飲食：蔥、薑、蒜、韭菜、香菜，俗稱五辛菜。

標誌著春天重返大地的節日

我們要談的第一個節氣很討人喜歡，冬去春來，立春到了。立春是二十四節氣中的第一個節氣，一般在陽曆的二月三日、四日或者五日，大約在農曆春節前後。立春過後，氣溫逐漸回升，萬物復甦。讓我們從漢字說起，什麼叫「立」呢？

「立」與「春」的造字原理

「立」字的甲骨文字形，最下面那一橫是地平線，像不像一個人站在地面上？「立」的本義就是站立，引申的意義有確立、建立、設立等。立春其實就是一個代表確立的日子，表示春天正式來臨。

甲骨文·立

甲骨文·春

再看「春」字，甲骨文的字形有點複雜，像不像一幅畫？上面是什麼呢？那是一株剛剛鑽出地面的柔嫩小草，寫作「屮」（音同「徹」）。兩個「屮」在一起，就是現在的草字頭，寫作「艸」，是草木初生的樣子，象徵著地上毛茸茸、剛剛發芽的小草。中國人對草本和木本植物抱有非常深的感情，因為春天萬物復甦時，是大地為我們帶來了生機，提供我們美好的景色和飲食。

再往下看，除了上面的小草，甲骨文的右半部是什麼？是「屯」字。這也是個象形字，就像一株正在破土而出的子芽，你看這個彎曲的弧度像不像豆芽？《說文解字》裡面說：「**屯，難也，象草木之初生。**」（「屯」象徵胚芽遇到阻礙、艱難地從地裡冒出的過程。）當然，「屯」在這裡也作聲符。除了「草」和「屯」，「春」的甲骨文中還有什麼字呢？還有個「日」，表示在陽光的照耀下，種子拱出了地面，小草破土發芽，萬物初生都得益於太陽。

總結「春」字從草、從日、從屯，屯亦聲。整個「春」字就像一幅大地回春圖，陽氣從地底萌發，陽光蒸騰著，種子拱出了地面，小草破土而出。字形逐漸演化，到金文和小篆，分別寫成左列這個樣子：

金文·春

小篆·春

這樣一幅大地回春圖，帶著無限的生機和動力。所以《說文解字》解釋「春」是：「**春者，推也，從草從日。草，春時生也。**」表示有一種陽氣蒸騰的強大力量推動著萬物生長。清代「說文四大家」之一段玉裁在《說文解字注》中說：「**得時草生也。**」就是說草木順應著季節、氣候生長，萬物從立春以後不負春光、不負陽氣，迅速生長。

立春詩詞：總是充滿鮮花、醉酒等爛漫意象

我們再來看一看白居易寫的：「**亂花漸欲迷人眼，淺草才能沒馬蹄。**」[1]早春時，草才剛開始長，所以長度僅僅蓋過馬蹄，要晚一點才會蓬勃生長出來。待到春天草木繁盛的時候，就會出現唐代詩人劉禹錫所寫的：「**沉舟側畔千帆過，病樹前頭萬木春。**」[2]這時不僅僅是草本植物在生長，木本植物也都開花了。萬物生春的那種爛漫，就是人們所喜歡的一派春光。

中國人愛說「沐春風而思飛揚」，表示人的心迎合春天，開始生出夢想、生出豪情，往往喜歡喝點酒，所以中國人特別喜歡用「春」字做酒名。酒釀出來以後是黃綠色的，這個顏色就像是春天的青草、芽尖的顏色，所以人們才會說春色似酒。在更早以前，《詩經．豳風．七月》裡面就有「**為此春酒，以介眉壽**」，這是什麼意思呢？這是指人們會用稻穀釀春酒，並用這個春酒來祈求長壽，足見那個時候人們就有在春天釀酒的習俗了。李白也在〈哭宣城善釀紀叟〉詩中追念善釀酒的紀叟：「**紀叟黃泉裡，還應釀老春**」[3]，說紀叟就算到了地下黃泉，還是忘不了釀酒，這裡的「老春」就是指酒。

---

1 白居易〈錢塘湖春行〉：
孤山寺北賈亭西，
水面初平雲腳低。
幾處早鶯爭暖樹，
誰家新燕啄春泥。
亂花漸欲迷人眼，
淺草才能沒馬蹄。
最愛湖東行不足，
綠楊陰裡白沙堤。

2 劉禹錫〈酬樂天揚州．初逢席上見贈〉
巴山楚水淒涼地，
二十三年棄置身。
懷舊空吟聞笛賦，
到鄉翻似爛柯人。
沉舟側畔千帆過，
病樹前頭萬木春。
今日聽君歌一曲，
暫憑杯酒長精神。

3 李白〈哭宣城善釀紀叟〉：
紀叟黃泉裡，
還應釀老春。
夜臺無曉日，
沽酒與何人。

我總覺得「老春」兩個字極生動，有蓬勃的勁道，又有掩蓋不住的豪情。春與酒之間的關聯也出現在《菜根譚》中：「花看半開，酒飲微醺」指賞花最好是賞春天裡半開到盛開的花，而飲酒的佳境是在微醺到酩酊之間。

立春三候：東風送暖、蟄蟲甦醒、河冰融化

《月令七十二候集解》[4]說過：「立春，正月節。立，建始也。」立春意味著整個春天的開始，而每個節氣分三候，約十五天，立春的十五天是哪三候呢？

「一候東風解凍，二候蟄蟲始振，三候魚陟負冰。」在立春這個節氣，東風送暖，大地解凍；洞中蟄居的蟲類慢慢甦醒；河裡的冰開始融化，魚游到水面上，但此時水面上還有沒完全融化的碎冰片。這三候相當生動地概括了立春的特點。

立春飲食：吃芽菜，吃進自然的新鮮生氣

立春也是一個特別重要的民俗節日，「咬春」的習俗一直流傳到現在，畢竟一年伊始，從皇室到民間都想討個吉祥。「咬春」就是俗話說的「吃春餅」，民間的老百姓有各種時令小吃，烙出來熱氣騰騰的春餅裡面可以包豆芽、雞蛋、黃瓜、木耳、韭菜或其

4《月令七十二候集解》，舊本題「元吳澄撰」。七十二候是中國古代指導農事活動的曆法，內容結合天文、氣象、物候知識，起源於黃河流域。古代以五日為候，三候為氣，六氣為時，四時為歲，一年二十四節氣共七十二候。各候對應一個自然現象，七十二候的依次變化反映了一年的氣候變化。

他各式各樣的菜，咬一口，春天的生機就會透過飲食，讓人精神一振。過去生活比較困乏的時候，民間總要在過節時吃點好東西，這既表示對節日的重視，同時也是對人的一份犒賞。

除了春餅之外，春天還應該吃什麼東西？一說是「春吃芽」，各種新枝嫩葉的芽。漢代的農書《四民月令》[5]裡面就說，立春要「**日食生菜，取迎新之意**」。二說是春天要吃點味道重、辛辣的菜，東漢應劭的《風俗通義》[6]裡面就說立春要吃「五辛菜」：蔥、薑、蒜、韭菜、香菜，這些菜的味道都很重，現在多用作調味品。古時候很多人家捲春餅都會吃這些東西，目的是藉著自然的新鮮生氣，促進、提升人的精神，並排出五臟六腑裡的陳舊晦氣。還有一點是，五辛這個「辛」既是味道的意思，也諧音「新舊」的「新」，表示一切都是新鮮的，就是討個好彩頭！

立春這一天還要「打春」。「打春」究竟是打春天的什麼呢？其實是打春天的牛，叫「鞭春牛」。這當然不是鞭打真的牛，而是用陶土之類的東西模仿牛，並在牛肚裡塞滿五穀。然後大家捶呀打呀，打破牛肚，讓五穀跟撲滿罐裡的硬幣似地滿溢出來。接著大家撿穀穗、撿各式各樣的糧食放回到自家穀倉，寓意新年倉滿缽滿、糧足家富。通常這個時候還沒有開始春耕，所以「鞭春牛」也提醒著農夫要開始春耕了。

正月初七是個好日子，立春也是好日子，唐代有一年的立春正好是初七，詩人盧仝

5《四民月令》，東漢崔寔著。該書以農業生產以及商業經營的實踐經驗為基礎，推廣精耕細作的農業生產方式。

6《風俗通義》，漢代民俗著作。該書記錄了大量的神話異聞，並加上了作者自己的評議，從而成為研究漢代風俗和鬼神崇拜的重要文獻。

不由得興發感慨，寫下這樣的詩句：「**春度春歸無限春，今朝方始覺成人。從今克己應猶及，顏與梅花俱自新。**」[7]他說春去春來，經歷了這麼多年的春天，感覺自己似乎擁有無限年華，可是實際上人生有限，所以這個春天一定要讓自己長大成人。而「克己」就是要自我管理、自我約束，如果人在人日節、立春之時，有這樣一番覺悟，一切還來得及。詩人愧對過去蹉跎的歲月，如今幡然悔悟，發誓要洗心革面，讓面容像窗外的梅花一樣煥然一新，迎接一年的新面貌。這首詩寫出春天來了，人開始站在了一個新的起跑線上，感覺到歲時的更迭、心願的更替，也感覺到大地上萬物蓬勃。

當「立春」到來，我們要讓去年的一切歸零，無論是遺憾的，還是歡喜的。那些遺憾的東西即使再感歎，也來不及了。那些歡喜的東西，再眷戀，它也留在過去的時光裡。一切要從今天重新開始。大地陽氣湧動，讓我們的努力、我們的希望像破土而出的小草一樣開始生長吧。只要我們耕耘，就一定會有收成。你今天能不能做到「**顏與梅花俱自新**」呢？給自己一個新的心願，給自己一個新的容顏，那才真是不辜負「立春」這個節氣！

7 出自盧仝〈人日立春〉，舊俗以農曆正月初七為人日。傳說這天是人類的誕辰日，民間還把這天叫作「人日節」或「人勝節」。

掃一掃QR Code，聽于丹老師講「立春」！

雨水

天街小雨潤如酥，草色遙看近卻無

- 時間：陽曆二月十八、十九或二十日。
- 三候：一候獺祭魚，二候鴻雁來，三候草木萌動。
- 代表詩詞：好雨知時節，當春乃發生。（杜甫〈春夜喜雨〉）
- 民俗：接壽、送「罐罐肉」。
- 代表飲食：罐罐肉。

在這個節氣，天空會下起「潤物細無聲」的小雨

大家都熟悉杜甫的名詩：「好雨知時節，當春乃發生。隨風潛入夜，潤物細無聲。」[1]這樣「潤物細無聲」的小雨，通常什麼時候會出現呢？就是我接下來要講的「雨水」這個節氣。

雨水是二十四節氣中的第二個節氣。立春過後，大地回暖，萬物生長，接下來就要下雨了。新年的正月十五前後，太陽到達黃經三百三十度，雨水節氣就到了。這時候冰雪開始融化，降雪減少、降雨量逐漸增多，雨夾雪（雪和雨一同降下的現象）多了起來。諺語說得好：「雨水節，雨水代替雪。」

雨水、穀雨、小雪、大雪這幾個節氣名，都反映了該節氣的降雨（雪）量。俗話說「春雨貴如油」，則是在形容春雨的可貴。《月令七十二候集解》有記載：「正月中，天一生水。春始屬木，然生木者必水也，故立春後繼之雨水。且東風既解凍，則散而為

1 杜甫〈春夜喜雨〉：
好雨知時節，
當春乃發生。
隨風潛入夜，
潤物細無聲。
野徑雲俱黑，
江船火獨明。
曉看紅溼處，
花重錦官城。

雨水矣。」這是在說：春天將至，萬物萌動，大自然有「水生木」的規律，所以立春以後，自然就該下雨了。這是一個冬去春來的節候變化，並不代表「雨水」這一天一定會下雨。

接下來，我們來看看古人對自然界的天氣現象「雨」字的認識。

「雨」的造字原理以及演變過程

甲骨文・雨

甲骨文・雨

甲骨文・雨

「雨」的甲骨文有趣吧？這真是造字者的智慧。上面的一橫表示天，也可以指雲層，因為雨就是從雲裡下來的。底下的象形也很生動，點點滴滴，就是從天而降的雨水。這雨點有多有少，有大有小，有的排得整齊，有的參差不齊，就像一幅素描把嘩啦啦下大雨的場景、淅淅瀝瀝下小雨的場景都描摹下來，讓人一看就如臨其境、如聞其聲。

金文・雨

金文・雨

到商代晚期，「雨」的金文字形更規則整齊了，先前的甲骨文像畫，現在像字。一橫底下的小雨點筆畫，有的拉長，連接成了一筆畫。

到小篆時，「雨」字就演化成今天的樣子了。小篆和甲骨文、金文相比，更能夠看

小篆·雨

出結構上的變化。上邊那一橫，當然還是表示天或是雲層，底下的「冂」（ㄐㄩㄥ）兜住的就是積雨雲，呼應了俗語所謂「天上無雲不下雨」。

《說文解字》解釋：「**雨，水從雲下也。一象天，冂象雲，水霝其間也。**」一橫像天，中間的這個門框像雲，霝（音同「零」）就是現在「零落」的「零」，表示雨零零落落降下來。「水霝其間」，就是指水從天空的雲層之間嘩嘩啦啦降下來。《孟子．梁惠王上》也描寫過下雨的情景：「**天油然作雲，沛然下雨，則苗浡然興之矣**」，這是說當天上出現厚厚的雲層，下起嘩啦大雨時，禾苗就會喝天上的雨水，茂密地生長，農民因此感到相當喜悅。「油、沛、浡」這三個字用得極好，都是三點水，顯示出古人的智慧，對天時、對農作物，有豐富生動的形容詞。

「雨」字用來表示雨雪從天而降的時候是名詞，讀作「ㄩˇ」。我們讀過的詩文中，讀作「ㄩˇ」的很多，比如《詩經．豳風．東山》：「**我來自東，零雨其濛。**」（我從東山回來，滿天小雨霧濛濛的。）

「雨」字當然也可用作動詞，表示雨水降落的過程，讀作「ㄩˋ」，比如《詩經．小雅．大田》：「**雨我公田，遂及我私**」（我祈求老天爺下雨，灌溉我主人家的公田，再順帶澆澆我們這些農奴家裡的私田。）《韓非子．說難》也說：「**天雨牆壞**」（雨嘩啦啦在澆著，牆就壞了。）還有賈誼的《論積貯疏》：「**失時不雨，民且狼顧**」（如果降雨錯過農時的話，百姓就狼狽了，生活便沒保障。）這裡的「雨」都是動詞，後來的人又將字義加以延伸，把從天上往下、像雨一樣落下來的都叫下雨。比如《淮南子》[2]形容倉頡作書的時候「**天雨粟，鬼夜哭**」，表示倉頡造字非常了不起，驚天地、泣鬼神，小米像雨一樣，從天上嘩啦啦降下來了。這裡「雨」也讀作「ㄩˋ」。後來，「雨」用作動詞的功能逐漸消失了，中古以後主要都用作名詞。

雨水詩詞：天街小雨潤如酥，絕勝煙柳滿皇都

詩歌裡最喜歡歌頌的雨，是現在也很罕見的春雨，也就是開頭杜甫〈春夜喜雨〉說的：「**好雨知時節，當春乃發生。**」這時候的雨很懂事，知道自己何時該來，如約而至。韓愈〈初春小雨〉則說：「**天街小雨潤如酥，草色遙看近卻無。最是一年春好處，絕勝煙柳滿皇都。**」他用了一個「酥」字，形容雨水滋潤了一整個冬天寒冷、乾涸的大地，挑起人心裡那點酥酥癢癢的喜悅。從這裡我們可以看出人們喜歡春雨到什麼程度。

雨勢再大一點，則像陸游〈臨安春雨初霽〉[3]寫的雨潤鮮花的美景：「**小樓一夜聽春雨，深巷明朝賣杏花。**」蘇軾也寫過一闋詞〈如夢令．有寄〉：「**為向東坡傳語，人在玉堂深處。別後有誰來，雪壓小橋無路。歸去，歸去。江上一犁春雨。**」「一犁春雨」用的量詞很巧妙。過去的詩人都很了解農耕，蘇軾知道人們喜歡春雨，並不是為了

2《淮南子》，西漢淮南王劉安及其門客集體編寫而成。以道家思想為主，糅合了儒、法、陰陽五行等諸家思想，一般認為它是雜家著作。

3 陸游〈臨安春雨初霽〉：世味年來薄似紗，誰令騎馬客京華。小樓一夜聽春雨，深巷明朝賣杏花。矮紙斜行閒作草，晴窗細乳戲分茶。素衣莫起風塵嘆，猶及清明可到家。

寫詩抒情，而是因為在春雨中開始犁地，表示將來會有收成、希望，所以他才會寫「一犁春雨」。

雨露降臨滋潤萬物的意象，後來演變成一個比喻：春風化雨，形容教育對人的薰陶像春雨一樣。《孟子．盡心上》說：「**君子之所以教者五**」（君子教化別人的方式有五種），第一種就是「**有如時雨化之者**」（在別人有疑惑時立即解惑，像及時雨滋潤大地那樣），然後才是「**有成德者，有達財者，有答問者，有私淑艾者**」。這說明了孩子不愛聽教是因為他心裡沒需求，或甚至他的想法與你是牴觸的。只有在人們期待雨（教育）的時候，那時下的雨才叫「及時雨」，這才是君子應該採取的教育方式。

雨水三候：水獺祭魚、鴻雁北飛、草木發芽

了解「雨」的造字原理以及演變過程以後，我們回到節氣，來看看「雨水」有什麼特點。古人說「雨水」的三候是：「一候獺祭魚，二候鴻雁來，三候草木萌動。」什麼是「獺祭魚」呢？這種說法最早出現在《禮記．月令》[4]：「**東風解凍，蟄蟲始振，魚上冰，獺祭魚**」。水獺是兩棲動物，最喜歡吃魚，初春冰塊消融後，魚開始在水面游動，水獺因此能抓更多魚，當捕到許多魚時，水獺會把魚排列在岸上，像是陳列祭祀一樣。古人看到水獺把捕來的魚一條條排在岸上，好像「拜祭」的時候，就知道春天真的

4 儒家經典《禮記》中的一篇。月令是上古一種文章體裁，按照一年十二個月的時令，記述政府的祭祀禮儀、職務、法令、禁令，並把它們歸納在五行相生的系統中。

來了。一候之後再過五天，大雁感覺到時節的變化，天愈來愈熱，就要飛回到塞北。三候「草木萌動」最容易理解，春雨下得多了，草木隨著地上的陽氣蒸騰，開始抽嫩芽，大地欣欣向榮的景象不就開始出現了嗎？

雨水習俗：接壽、送「罐罐肉」

雨水節氣，民間有好多習俗。在四川，到了雨水的時候，女婿女兒要回娘家，由女婿給岳父岳母送禮，比如說送藤椅，上面纏著長長的紅棉帶，這叫「接壽」，就是祝岳父岳母長命百歲。這個時候還會送「罐罐肉」，晚輩將豬蹄、大豆、海帶等燉好後，用紅紙、紅繩封上，送去給長輩，藉此表示感謝和敬意，畢竟父母養女兒不容易。現在吃燉菜、吃肉已經很普遍了，但在物質不那麼發達的年代，人們會藉節氣表示心意。而當女兒、女婿扛椅子、端罐子回老家後，臨走時岳父岳母給什麼呢？岳父岳母要回贈雨傘，讓他們回去這一路上能遮風擋雨、平平安安。過去這些傳統代表著人們對節令的重視，也代表著對親人的在意和祝福。

雨水養生之道：晚睡早起，宜緩步、忌跑跳

那麼，我們今天在「雨水」節氣需要注意什麼呢？有句話叫「春捂秋凍」，是說降雪雖然減少、開始下雨了，但外面還是會冷，一早一晚還是不能脫大衣。俗話說得好：「二月休把棉衣撇，三月還有梨花雪」，人想要平穩度過季節的轉換，春天就要注意保暖。雨水前後，北方的冷空氣活動還是很頻繁，有的時候碰上寒涼天氣，還真是雨夾雪，叫「梨花雪」，這個詞多美。老人家總說「二八月亂穿衣」，就是指初春陽氣生發、冷熱交替，多注意保暖就能遠離傷風感冒。

《黃帝內經》[5]說：「**春三月，此謂發陳。天地俱生，萬物以榮。夜臥早起，廣步於庭，被髮緩形，以使志生。**」春天萬物都復甦時，人應該晚一點睡，但是要早起，經常到戶外運動，別大跑大跳，要緩緩散步，讓自己能夠跟上天時調養身心。我們現在一到春天就開始預防流感，流感還出現很多以前沒見過的病菌。按中醫的說法，任何一個季節更迭的時候，人都應該要順應天時，讓自己的身體跟著季節的變化開啟一次新的循環。這些老傳統、老道理裡，都蘊藏著中國人的科學。

春天是一個詩意盎然的季節，隨著雨潤萬物，寒冷的天氣逐漸遠離，春風拂面，溫暖的陽光普照大地，我們心裡是不是開始有一些酥酥的願望、一些美美的風景，隨著張

---

5 《黃帝內經》是中國最早的典籍之一，也是影響極大的一部醫學著作。相傳為黃帝所作，因以為名。但後世較為公認此書最終成形於西漢，作者亦非一人，而是由中國歷代黃老醫家傳承增補發展創作而來。

開的眼睛，逐漸都被喚醒了呢？冬天乾涸，我們的思維、神經、皮膚似乎都太乾燥了，所以當雨水來了，就讓雨水滋養一切吧，大地開花了，我們的心裡是不是也能開花呢？

驚蟄

眾蟄各潛駭，草木縱橫舒

- 時間：陽曆三月五、六或七日。
- 三候：桃始華，倉庚鳴，鷹化為鳩。
- 代表詩詞：仲春遘時雨，始雷發東隅。（陶淵明〈擬古九首．其三〉）
- 民俗：祭白虎、吃梨、蒙鼓皮、打小人。
- 代表飲食：梨子。

標誌驚雷喚醒萬物、萬物競相生長的節氣

俗話說「春雷響，萬物長」，意思就是：春雷乍響，代表天氣回暖，於是萬物開始萌芽生長。那些在嚴寒季節躲起來的動物，都被春雷驚醒，牠們慢慢舒展筋骨，走出土壤和石洞迎接春天。驚蟄是二十四節氣中的第三個節氣，標誌著仲春[1]時節的開始，表示春意已經濃了，萬物開始在外活動。

《月令七十二候集解》解釋驚蟄這個節日的命名由來：「**二月節，萬物出乎震，震為雷，故曰驚蟄。**」（農曆二月春雷初響，蟄伏在土壤裡的小蟲子驚而出走，結束冬眠，所以這個節氣稱為「驚蟄」。）「驚蟄」這個生動的節氣名稱，就來自「蟄蟲驚而出走」的畫面。生命動了起來，呈現一片歡欣的氣氛，晉代大詩人陶淵明形容這樣的節氣變化是：「**促春遘時雨，始雷發東隅。眾蟄各潛駭，草木縱橫舒。**」[2]「遘」就是遇到的意思，「時

1 仲春即春季的第二個月，即農曆二月。春季共有三個月，第一月為孟春，第三月為季春。

2 出自陶淵明〈擬古九首．其三〉：仲春遘時雨，始雷發東隅。眾蟄各潛駭，草木縱橫舒。翩翩新來燕，雙雙入我廬。先巢故尚在，相將還舊居。自從分別來，門庭日荒蕪。我心固匪石，君情定何如？

雨」就是順應時節的好雨、春雨。陶淵明意思是說：到了春意濃濃的仲春時節，春雨應時而降，響起一陣陣春雷，驚醒了躲藏起來冬眠的各類昆蟲，當牠們開始往外走，草木也跟著縱橫滋長、舒展開來。

寒冬以後，一聲驚雷喚醒萬物，萬物競相生長，這是多麼美好的景象。接下來，我們從造字過程來看「驚」與「蟄」的文字構造。

「驚」與「蟄」的造字原理

先來看驚蟄的「驚」，上半部分是敬愛的「敬」，下面是「馬」。《說文解字》解釋說：「驚，馬駭也。」（「驚」指的是馬被嚇到的樣子。）至於「駭」字的部首也是馬，《說文解字》說：「駭，驚也。」因此「驚」跟「駭」兩個字，都是形容馬突然嚇到、狂奔的樣子。「驚、駭」這兩個字常常一起出現，例如：驚濤駭浪、驚世駭俗。「驚」字也從馬而擴大形容其他動物，例如：驚弓之鳥、打草驚蛇，甚至用來形容天地的驚天動地，和人的驚魂未定、寵辱不驚或膽戰心驚。

小篆．驚

小篆．蟄

再來看「蟄」字，《說文解字》解釋：「藏也，從蟲，執聲。」（各類昆蟲冬眠時藏起來不動，與蟲字同部首，和執同聲。）「蟄」就是昆蟲保存體力、節省能量消耗、熬過這個冬天再出去覓食的狀態。段玉裁注解《說文解字》也說「**凡蟲之伏為蟄**」，就是表示「蟄」是專門形容蟲類藏起來的樣子。

驚蟄三候：桃始華，倉庚鳴，鷹化為鳩

驚蟄的三候是：「一候桃始華，二候倉庚鳴，三候鷹化為鳩。」在驚蟄這個時節，桃花開始萌發，「桃始華」的「華」就是開花的意思。不過，在二月驚蟄的時候，還沒有像「**桃之夭夭，灼灼其華**」[3]（桃花開出一樹一樹粉紅色的花）盛開得那麼浪漫。

「倉庚鳴」意思是黃鸝鳥在這個時候開始啼叫，像是《詩經》寫到的「**倉庚于飛**」、「**有鳴倉庚**」，都是這個意思。「倉」單獨一個字的意思就是清，「庚」的意思是新，二字合起來是黃鸝鳥的別名，表示此時此刻陽春清新之氣蓬勃而來，聽著清脆的鳥啼聲，多麼開心啊！《牡丹亭》[4]裡，杜麗娘遊園的時候，她就用鳥啼聲形容春天：「**閒凝眄，生生燕語明如剪，嚦嚦鶯聲溜的圓。**」

再過五天就是「鷹化為鳩」，鷹是凶猛的大型鳥，驚蟄前後，動物開始繁衍，鷹也悄悄躲起來養育後代，而本來安靜的鳩卻開始以鳴叫求偶。所謂「鷹化為鳩」，是因為人們沒看到鷹躲起來，所以覺得周圍一下多出好多鳩。

除了關心動物，人們在春天更關心植物。春天各個節氣都有對應的花信，而驚蟄三

3《詩經．周南．桃夭》
桃之夭夭，灼灼其華。
之子于歸，宜其室家。
桃之夭夭，有蕡其實。
之子于歸，宜其家室。
桃之夭夭，其葉蓁蓁。
之子于歸，宜其家人。

4《牡丹亭》，明代湯顯祖的代表作，也是他一生最得意之作。全名《牡丹亭還魂記》，改編自明代話本小說，描寫杜麗娘和柳夢梅的愛情故事。

候的花信是「一候桃花，二候杏花，三候薔薇」，表示驚蟄之後，人們就可以期待姹紫嫣紅開遍的滿園春色了。

驚蟄習俗：祭白虎、吃梨、蒙鼓皮、打小人

民間有一種說法，驚蟄這個時候祭白虎，可以化解是非。除此之外，吃梨、蒙鼓皮、打小人，都是這時候的傳統。「祭白虎」，就是在紙上畫出白老虎，然後用生豬肉之類的東西，抹在老虎的嘴上，意思是：老虎口中充滿油水，就無法張嘴說人是非了。可見，古時候的人就提醒著人們不要論人是非。

至於「吃梨」，是為了治咳嗽。這時的天氣冷暖交替，各種病菌會趁著春天時口乾舌燥，引起咳嗽感冒。梨子有各種吃法，生、蒸、煮、榨汁、煮水都可以。

「蒙鼓皮」就是將鼓繃上鼓皮。為什麼驚蟄的時候要蒙鼓皮呢？這要從驚蟄最典型的天氣「打雷」說起。驚蟄這個節氣就應該有驚雷，因此有人說「未過驚蟄先打雷，四十九天雲不開」，也有人說「一陣催花雨，數聲驚蟄雷」。古人認為天上雷鳴，是因為有一個擬人化的雷公在敲鼓，這個雷神長著鳥喙、人身，還有大翅膀，一手拿鐵錘，另外一隻手打著周圍環繞的鼓，就像一個人指揮一支鼓樂隊一樣，發出咚咚的雷聲。天庭有雷神擊天鼓，人間也有鼓，這個樂器可以鼓舞人心。從季節溼度上來看，驚蟄也最適

合將鼓繃上鼓皮，因為寒冬的時候，動物的皮太硬；盛夏的時候，天降雨水，鼓皮潮氣太多，鼓聲沉悶。只有在春天，溼度是剛好的，而天上又有雷聲，鼓聲咚咚就像春雷，是蒙鼓皮最好的時節。我們現在比較少打鼓了，因為大家沒有那麼常像過去民間民俗一樣，一起鬧社火、舞燈、舞龍、打鼓。

「雷」的造字原理

說到天神打雷，我們順便來看這個「雷」字。

甲骨文·雷

金文·雷

金文·雷

甲骨文和金文的「雷」特別像閃電，穿過兩個或者四個車輪形狀的東西，像是天神駕車，臨空而過，接著發出轟隆隆的聲響，這就是雷聲，古人聰明地把聲音描繪成圖形。造字之初，古人認為雷是跟著閃電一起來的，嘩嘩的閃電就好像是天神甩著鞭子，然後是轟隆隆的輪子碾過去。《淮南子》裡說：「電以為鞭策，雷以為車輪」，一句話就把這個「雷」字解釋清楚了。

在驚蟄這個節氣，人們意識到百鳥百蟲的生態、四季運行的規律，也了解到自己必須順天應物、聽著天上的雷聲耕耘地下的土地。所有生命的繁衍要跟上春天的腳步，才是這個節氣的正理。

這是一個和春天結緣的好時光，讓我們去看看大自然，讓自己飛揚，遇見更多春天的詩意吧！

掃一掃QRCode，聽于丹老師講「驚蟄」！

春分

別來春半，觸目柔腸斷

- 時間：陽曆三月二十、二十一或二十二日。
- 三候：玄鳥至，雷乃發聲，始電。
- 代表詩詞：知否，知否？應是綠肥紅瘦。（李清照〈如夢令〉）
- 民俗：祭日、立蛋、送春牛圖、說春、放風箏。
- 代表飲食：雞蛋。

標誌著春天走到一半的節氣

農曆二月，春分到了。在春天的六個節氣中，春分剛好位在一半。所以五代末宋初文學家徐鉉在詩裡說：「**仲春初四日，春色正中分。**」[1]現在，我們就來了解「春分」這個節氣。

《公羊傳・隱公元年》[2]解釋什麼是春天：「**春者何？歲之始也。**」意思是春天代表一年的開始。「一年之計在於春」，則是說新年的希望，都隨著春天的到來日漸蓬勃。從立春開始，走到春分兩半時，大自然的春意慢慢濃了起來。《月令七十二候集解》說「分」代表春走到一半：「**二月中，分者半也，此當九十日之半，故謂之分。**」意思是：立春後三個月、正好九十天時，就是春天正好走到一半的時候，李煜「**別來春半，觸目柔腸斷**」[3]寫得正是這個時節。接下來，我們來解說「春」的字形。

1 徐鉉〈春分日〉：仲春初四日，春色正中分。綠野徘徊月，晴天斷續雲。燕飛猶個個，花落已紛紛。思婦高樓晚，歌聲不可聞。

2《公羊傳》，又稱《春秋公羊傳》，相傳為子夏的弟子、戰國時齊人公羊高撰，是一部專門解釋《春秋》的儒家典籍。與《左傳》、《穀梁傳》合稱「春秋三傳」。

「春」與「分」的造字原理

金文·春

小篆·春

「春」字，在立春篇的時候解說過，它指一年四季中，生機蓬勃的第一個季節，「春」的字形就像一幅大地回春圖。

甲骨文·分

小篆·分

《說文解字》解釋「分」的意思：「分，別也。從八從刀，刀以分別物也。」「分」上面的「八」，就是指分兩半；下半部是「刀」，意思就是用刀把某物分成兩半。現在的「八」代表數字，但是，看字形就能了解本義是「分開」。

甲骨文·八

小篆·八

「八」的甲骨文字形，兩劃向背，向兩邊張開，表示這個東西分成兩個方向了。到小篆，字形演變成像背靠背的兩個人，也就象徵了兩個人往不同的方向走，意思是分別。

《說文解字》就解釋：「別也，象分別向背之形。」（兩人各走各的方向。）

高鴻縉在《中國字例》裡面就說過：「八之本義為分，取假象分背之形……後世借用為數目八九之八，久而不返，乃加刀為意符作分。」也就是說「八」的本義就是分

3 李煜〈清平樂〉：別來春半，觸目柔腸斷。砌下落梅如雪亂，拂了一身還滿。雁來音信無憑，路遙歸夢難成。離恨恰如春草，更行更遠還生。

別，後來被借用表示數字。借用久了，它的本義消失，所以下面加了一個「刀」字，就是現在看到的「分」。因此，「春分」就是平分之意。

春分的天文意義：陰陽相半，晝夜均、寒暑平

春分是反映四季變化的一個重要節氣，每年大概陽曆的三月二十日到二十一日，太陽走到黃經零度。有人說立春是節氣的開始，也有人說冬至才是節氣之始，但是，從太陽黃經來看，春分正好是黃經零度，此時陽光直射赤道，而後陽光直射的位置逐漸北移，導致北半球晝長夜短，天氣漸暖，這個情形剛好就從春分開始。所以，春分還有天文學的意義：南北半球晝夜平分，各為十二個小時。因此，春分在古代還被稱為「日中」、「日夜分」。

陰陽相半、寒暑相平這樣的日子，一年中有兩個，一個是春分，另一個是秋分，因此民間會說「春分秋分，晝夜平分」。董仲舒在《春秋繁露．陰陽出入上下篇》[4]說：「至於仲春之月，陽在正東，陰在正西，謂之春分。春分者，陰陽相半也，故晝夜均而寒暑平。」《春秋繁露》從春秋衍發深意，闡發陰陽五行之說，用來譬喻自然人事，創立了天人感應的思想體系，董仲舒也因此賦予了陰陽平分、晝夜平分更深的哲學意義。

4《春秋繁露》，西漢哲學家董仲舒撰，是一部以陰陽五行、黃老之學為骨架，以天人感應為核心的政治哲學著作。

春分三候：玄鳥至，雷乃發聲，始電

除了天文學上的意義，春分更對農耕具有指標意義，靠天吃飯的農耕民族，必須觀察動物、植物的變化。

春分有三候，「一候玄鳥至」。玄鳥就是小燕子，燕子會在春分的時候歸來舊巢，秋分的時候離去，就像經典兒歌〈小燕子〉的歌詞：「小燕子，穿花衣，年年春天來這裡。」晏殊也在詩句中描寫「**無可奈何花落去，似曾相識燕歸來。**」[5]俗語也說：「燕來還識舊巢泥」。有首兒歌也唱道：「我問燕子為何來？燕子說，這裡的春天最美麗。」更印證了燕子要到春半之時才來。

燕子的古名是玄鳥，是上古殷商民族的圖騰。傳說殷商始祖契的母親簡狄，就是吞了燕子蛋之後懷孕的，因此殷人把燕子跟吉祥、生育聯繫在一起。《史記・殷本紀》寫：「**三人行浴，見玄鳥墮其卵，簡狄取吞之，因孕生契。**」就是說：燕子蛋掉了下來，簡狄把燕子蛋吃了，就懷了契。

「二候雷乃發聲。」是說春分過了第一個五天後，雷聲大震。古人認為雷聲是陽氣之聲，天地之間發出這樣的聲音，天雷驚動地火，意味大地要開始蓬勃起來了。到秋分以後，雷入地就無聲了。從天到地，一年四季，是一個大循環，儘管都有雷聲，但在觀念上是不一樣的，春分的雷出地發聲，秋分的雷入地無聲，代表了春天的一切都往天空

5 宋朝晏殊〈浣溪沙〉
一曲新詞酒一杯，
去年天氣舊亭臺。
夕陽西下幾時回？
無可奈何花落去，
似曾相識燕歸來。
小園香徑獨徘徊。

招展，而秋天的一切在向大地回歸。

「三候始電」指在春分最後的這五天，電閃雷鳴，那轟隆隆的雷聲裡，雨水跟著降下。這大概就是李清照寫的「知否，知否？應是綠肥紅瘦。」[6]這個時候，人們興高采烈的心情已經融入了濃濃的春天。

春分習俗：春分立蛋，春官說春

春天有很多儀式，春分也有很多重要的祭祀慶典。從周代開始，帝王們就有春天祭日、秋天祭月的習慣，所以才有日壇、月壇。《帝京歲時紀勝》[7]記載：「春分祭日，秋分祭月，乃國之大典，士民不得擅祀。」意思是：春分要祭拜太陽，秋分要祭拜月亮，祭祀必須由天子帶領，老百姓不可隨便祭祀日月。現在北京朝陽門外的日壇，就是明清兩代皇帝在春分這一天祭祀太陽神（當時稱為大明神）之處。祭日雖然比不上祭天祭地，但儀式也極為隆重。古人未必不懂科學，從祭天地、祭日月、祭農耕看來，他們敬畏自然，懷著莊嚴的恭敬心，去天人感應、順天應物。

春分時，民間也有很多有趣的活動。俗語說「春分到，蛋兒俏」就是說民間流行春分這天立雞蛋。立蛋的訣竅是：用新鮮的雞蛋，雞蛋尖頭那端朝下。能立得住的雞蛋一定是新鮮的，因為雞蛋稍微放久，鈍頭的那一邊會變空。這個習俗後來被華僑帶到了海

6 李清照〈如夢令〉：
昨夜雨疏風驟，
濃睡不消殘酒。
試問捲簾人，
卻道海棠依舊。
知否，知否？
應是綠肥紅瘦。

7 《帝京歲時紀勝》，清代潘榮陛編撰。所記皆為作者耳聞目睹，或親身經歷，資料翔實可信，是迄今所見清代第一部北京風俗志書。

外，成為世界性的遊戲。春分的時候還要送春牛圖，因為這時候要讓春牛耕地，並祈禱收成。人們一邊送圖，一邊還要唱唱春耕的吉祥話，這就是「說春」。而這些送春圖、唱春的人，就稱為「春官」。

來到「春分」，春意一天天濃了，白晝時間變長，蝴蝶翩翩飛舞，人被陽光照得暖暖的。心中春意甦醒了，慵懶又美好。這時候，除了青藏高原，東北、西北大部分地區也都進入明媚的春天。楊柳青青、鶯飛草長，小麥抽高，油菜花大片大片遍布在大地上，是踏春的好時節。這個時節適合帶孩子出去放風箏，就像古詩所言「**忙趁東風放紙鳶**」[8]，大家可別辜負春天跟孩子的約定！

8 清代高鼎〈村居〉：
草長鶯飛二月天，
拂堤楊柳醉春煙。
兒童散學歸來早，
忙趁東風放紙鳶。

掃一掃QRCode，聽于丹老師講「春分」！

清明

清明時節雨紛紛，路上行人欲斷魂

- 時間：陽曆四月四、五或六日。
- 三候：桐始華，田鼠化為鴽，虹始見。
- 代表詩詞：好風朧月清明夜，碧砌紅軒刺史家。（白居易〈清明夜〉）
- 民俗：寒食、踏青、植樹、盪鞦韆、打馬球、插柳條。
- 代表飲食：寒食。

標誌著萬物清新明朗的節氣

清明，又到了一年中「清明時節雨紛紛，路上行人欲斷魂」[1]的時候。清明節很特別，一方面，它是二十四節氣之一；另一方面，它又是中華傳統最大的祭祀節日。節氣與節日合一，是中華文化特殊的現象。古人說：**「萬物生長此時，皆清潔而明淨，故謂之清明。」**你看，清明是個多美的名稱，多好的時候。

「清」與「明」的造字原理

小篆·清

「清」字，一看就知道是水部，右邊是它的聲符「青」。《說文解字》解釋：「朖也，澂水之皃。」「朖」（音同「朗」）就是明朗的

1 杜牧〈清明〉：清明時節雨紛紛，路上行人欲斷魂。借問酒家何處有？牧童遙指杏花村。

「朗」，而「澂」（音同「澄」）就是澄明的「澄」字。所以「清」也就是清朗、水乾淨的樣子。所謂「清水」這個詞，用的就是它的本義。

至於「明」字，甲骨文的「明」和今日使用的「明」不太一樣，左邊不是「日」，而是「月」，右邊畫的就像是一扇窗戶。

甲骨文·明

金文·明

小篆·明

到了金文和小篆，月亮的形態變化不大，但窗戶的樣子就逐漸變得像「囧」字了。《說文解字》解釋說：「**明，照也。從月從囧。**」這個「囧」字當然不是今天的網路用語，它其實是一種象形用法，描繪雕花窗戶的形狀，當月光透過窗戶照進來，就是「明」。明朗、明亮，就是「明」字的本義。所以清明節氣的命名用的是「清」和「明」的本義，清明時節，氣候清爽，景物清晰明朗。

清明三候：桐始華，田鼠化爲鴽，虹始見

清明三候是：「一候桐始華，二候田鼠化為鴽，三候虹始見。」「桐始華」，就是白桐開花了，白桐樹開花是清遠的、幽香的。其實，這個時候不止白桐花，各種花都競

相綻放，這裡是用白桐開花代指花開。

「二候田鼠化為鴽」，了解這個說法必須帶一點想像力，因為這個時候，天氣開始熱了，田鼠躲在陰涼的地方不出來，而小鳥反倒高興地到處飛，於是就有「田鼠化為鴽」這個說法。

「三候虹始見」是說這個時候天上時常出現彩虹，春天一陣暴雨滌蕩後，雨後天晴，就會出現美麗的彩虹。所以，清明其實是一個浪漫的時節，可以看見天空上最美麗的風景。

為什麼現代的清明節，與寒食節逐漸合併？

清明這個節氣，為什麼會變成節日呢？有人說是因為清明祭祖起源於古代帝王將相墓祭之禮，民間後來仿效帝王，逐漸興起，久而久之就沿襲下來；也有人認為清明祭祖跟寒食節有關。

相傳春秋時，晉公子重耳為了逃避迫害，流亡在外十九年。在長長的流浪過程中，隨從找不到食物，萬分焦急的時候，他的隨臣介子推從自己的大腿上割下一塊肉，煮了一碗肉湯給重耳喝。後來，重耳發現介子推居然割自己的肉救他，內心非常感恩。

等到公子重耳終於成為歷史上著名的晉文公以後，重賞當年伴隨他流亡的重臣，唯獨介子推悄悄收拾，隱居綿山。晉文公心裡過意不去，打算親自去見介子推。但是綿山山高路遠、樹木茂密，眾人尋找不到，而介子推也帶著老母親躲避。最後，有人出了下策：三面點山火，留一條通道，打算用火逼介子推出來，接受封賞去做官。但是，燒遍綿山也沒見介子推蹤影。火熄之後，才發現介子推揹著老母親，被燒死在一棵樹下。

晉文公滿懷歉意，為了紀念介子推，他將這個日子定為寒食節，規定禁止燃煙點火、家家戶戶只能吃冷食，於是這一天就變成了一個隆重的祭奠節日。後來，寒食節因為跟清明時間接近，於是逐漸合而為一。嚴格來說，清明原來是節氣，寒食是節日，合併後，清明節就兼具了節氣和節日雙重的意義。清明節做為一個傳統的節日，也多了慎終追遠的意味。後來百姓們也在這天追悼先人，表達追思。

清明這個節氣帶點憂傷情緒，因為人們在這個時候追憶先人。明代《帝京景物略》[2]詳細記載清明的儀式：「**三月清明日，男女掃墓，擔提尊榼，轎馬後掛楮錠，粲粲然滿道也。拜者、酹者、哭者、為墓除草添土者，焚楮錠次，以紙錢置墳頭。望中無紙錢，則孤墳矣。**」這是說到清明的時候，要去上墳，為墳墓除草、打掃，獻上鮮花，焚燒紙錢，擺放供品，還要灑下一杯杯的酒，對祖先說說話，報告家裡情況，表達追思之情。其實這種儀式在秦朝以前就有，到了唐代開始盛行。

祖先崇拜是中華傳統文化中一個重要的心理特徵，以儒家思想為主導，儒家認為生死是一件大事，《論語・學而》就說：「**曾子曰：慎終追遠，民德歸厚矣。**」（能夠慎

2《帝京景物略》，明朝人劉侗、于奕正撰，是一部集歷史地理、文化和文學三者於一體的著作，詳細記載明代北京城的風景名勝、風俗民情。

重辦理父母的喪事、虔誠祭祀過世的祖先，那麼民風就能逐漸歸於淳厚，人民便能少犯錯。）「慎終」，除了是將父母的喪事看得非常重要、恭敬地對待父母，同時也是追慕祖先的美德，藉以規範自己的行為。

慎終追遠：「終」的造字由來

甲骨文‧終

金文‧終

小篆‧終

慎終追遠的「終」，甲骨文像一束絲線，兩端綁著結；到了西周晚期的金文，兩端還是有結；但是到了小篆，就變成糸部冬聲的形聲字。《說文解字》解釋：「**終，絿絲也。從糸冬聲。**」也就是說，「終」就是把絲纏緊的意思，而將紡織出來的絲線兩端打結，意味著完成一件事，故稱「終了」。

華人忌諱「死」字，所以當一個人生命結束的時候，就用「終」來代替，例如終身、終生。陶淵明在〈桃花源記〉中就用「病終」表示死亡：「**南陽劉子驥，高尚士也，聞之，欣然規往。未果，尋病終，後遂無問津者。**」（南陽人劉子驥是個志向高潔的隱士，聽聞桃花源後，高興地計畫前往，但沒有去成，不久因病去世。此後就再也沒有人去了。）

清明習俗：冷食、踏青、植樹

寒食節禁火、吃涼食，古人怕傷身傷胃，鼓勵人們多運動，所以清明節除了掃墓之外，還有其他習俗，例如：踏青、植樹、盪鞦韆、打馬球、插柳條，替這個本來肅穆的節日帶來許多生機。這些活動有助於身心平衡，再加上清明春回大地，這個時候一片生機蓬勃，「踏青」就成了重要活動。

「清明時節雨紛紛」，這句詩耳熟能詳，我們可以用另外一種唸法，比如唸成「清明時節雨，紛紛路上行人，欲斷魂。借問酒家何處，有牧童，遙指杏花村」。如此一來，一首絕句就可以斷成一闋詞。中文的音韻，有它內在的跌宕；中華的節日節氣，有其內在的道理。不管走到哪個節氣、哪個節日，只要靜下心，好好揣摩它的習俗、吟誦當時的詩詞，就可以找到我們內心跟節氣的關聯。清明既有慎終追遠的莊嚴，又有風清景明的歡暢，讓我們把這樣一個特定的時節，過出真正的味道來！

掃一掃QRCode，聽于丹老師講「清明」！

穀雨

唯有牡丹真國色，花開時節動京城

・時間：陽曆四月十九、二十或二十一日。
・三候：萍始生，鳴鳩拂其羽，戴勝降於桑。
・代表詩詞：神祠別館築商人，穀雨看花局一新。（顧祿《清嘉錄》）
・民俗：賞牡丹。
・代表飲食：喝雨前茶、炒香椿芽。

標誌著「雨生百穀、天氣轉熱」的節氣

在細雨綿綿、淫雨霏霏的清明節過後，我們迎來了春天最後一個節氣：穀雨。穀雨時節，正是「楊花落盡子規啼」[1]（楊花落完、杜鵑鳥哀切啼鳴）的時候，此時中國南方地區柳絮飄飛、杜鵑鳴啼、牡丹吐蕊、櫻桃紅熟，種種景象都告訴人們：時節來到暮春了。

穀雨節氣標誌著天氣轉熱，俗話說：「清明斷雪，穀雨斷霜。」這個節氣特別利於穀物生長，是播種、移苗、種瓜、點豆最好的時候。諺語說：「穀雨下秧，大致無妨。」就說明了穀雨與農忙有關。穀雨，顧名思義，即雨生百穀之時。

穀雨和百穀生長有密切關係，《群芳譜》[2]裡說：「穀雨，穀得雨而生也。」《月令七十二候集解》說得更清楚：「三月中，自雨水後，土膏脈動，今又雨其穀於水

1 李白〈聞王昌齡左遷龍標遙有此寄〉：楊花落盡子規啼，聞道龍標過五溪。我寄愁心與明月，隨風直到夜郎西。

2 《群芳譜》，明王象晉撰。全書三十卷，四十餘萬字，按天、歲、穀、蔬、果、茶竹、桑麻、葛棉、藥、木、花、卉、鶴魚等十二個譜分類。對每一植物都詳敘形態特徵，是此書的特點。

也。」（這個時候，天上嘩啦啦開始降雨，養活田裡的秧苗。）這裡的「雨」用作動詞，下雨之意，讀作四聲。這些剛插的秧苗，剛開始生長的時候，需要上天下雨滋養，所以說「雨其穀於水」。此時節，中國南方大部分地區降雨較豐沛，每年第一場大雨往往出現在穀雨前後。而在穀雨之前，雨都下得不夠充分，故說「春雨貴如油，下得滿地流」。春夏之交典型的特徵，就是雨下得豐沛，對水稻、玉米、棉花都非常有利。

「穀」的本義及造字由來

我們先從「穀」說起，《論語》所謂「四體不勤，五穀不分」中的五穀，指的是：黍、稷、稻、麥、菽。黍就是黃米；稷是穀子，屬於北方作物，《說文解字》裡說稷是「五穀之長」（五穀中最重要者），所以周人才把始祖農神尊稱為「后稷」；稻，是產米的水稻；麥，包括用以做饅頭、麵包的小麥，還有燕麥、藜麥都屬於這一類；菽是豆子，在戰國以前，稱豆子為菽，至於「豆」，原本是指器皿、酒器、禮器。因此，「穀」就是所有糧食作物的通稱。

《說文解字》解釋「穀」：「穀，百穀之總名。從禾㱿聲。」意思是：「穀」是形聲字，「禾」是形旁，表示所有的穀物都跟禾苗有關。

小篆‧穀

而「㱿（音同「殼」）聲」之意，清代段玉裁在《說文解字注》解釋：「穀

必有稃甲，此以形聲包會意也。」意思是：此聲旁不僅表音，還能表意，有外殼的意思，因為穀類大多都有堅硬的外殼或外皮，例如稻子、麥子，穀物都有層皮，經過脫粒程序才成為糧食。

百穀養人，所以後來「穀」還引申出養活之意，就像《詩經．小雅．甫田》所說：「**以祈甘雨，以介我稷黍，以穀我士女。**」（祈求上天下雨，讓莊稼豐收，賜我糧食以養活百姓。）種莊稼要祈雨，百穀是人民賴以生存的主食，所以「穀」還有生存、活下來的意思，例如《詩經．王風．大車》說：「**穀則異室，死則同穴。**」（活著的時候在不同的地方，死後要埋在一起。）人活一口氣，要吃五穀雜糧，沒了糧食，就無法存活，這就是「穀」引申為活著的原因。「穀」字不僅筆畫複雜，涵括的意思也很複雜，後來在簡體字中，「穀」逐漸簡化為「谷」。

穀雨三候：萍始生，鳴鳩拂其羽，戴勝降於桑

穀雨也分三候：「一候萍始生，二候鳴鳩拂其羽，三候戴勝降於桑。」「一候萍始生」，萍是浮萍、水草，因為跟水相連、相平，所以「萍」字的寫法，既有水，又有草，又取平音。這個時節，雨量多造成水位上漲，浮萍開始生長。

「二候鳴鳩拂其羽」，鳴鳩就是整天發出「布穀布穀」叫聲的布穀鳥。這個時候，

布穀鳥開始梳理羽毛，提醒人們要播種了。

「三候戴勝降於桑」，戴勝是一種頭頂有黃白細紋的小鳥，會飛到黃河、長江流域一帶，時常棲息在桑樹上，所以穀雨前後，可以見到戴勝出沒在桑樹上。所有節氣的三候，都是從動植物來觀察大地生養萬物的特徵，人們其實也在植物、動物上，找到生活的節奏。

穀雨習俗：雨前茶配炒香椿，浮生半日賞牡丹

穀雨節氣的習俗中，流傳較廣的是喝雨前茶，也有吃香椿、賞牡丹。這個時候喝茶，既是文人雅士之間的儀式，也是老百姓清火明目的習俗。很多家庭會炒香椿芽，因為此時的香椿夠香，有些人不加入雞蛋一起炒，而是直接用開水燙，再拌一拌，滿桌都是清香，因此有人描述這時候的香椿是「雨前香椿嫩如絲」（絲絲縷縷入口即化，香味悠長）。

牡丹花期一般在三月，穀雨是最佳的綻放時節，因此很多地方會有賞牡丹的活動，唐代劉禹錫詠牡丹的名詩〈賞牡丹〉這樣形容：「**庭前芍藥妖無格，池上芙蕖淨少情。唯有牡丹真國色，花開時節動京城。**」這是在說，不管和什麼花相比，牡丹還是最好。芍藥太妖豔，荷花太清淡，只有牡丹雍容華貴。所謂「穀雨三朝看牡丹」，表示穀雨賞

牡丹是綿延千年的傳統，因此牡丹的小名就叫穀雨花。古時也有在夜裡掌燈賞牡丹花會的活動，清代的時候，就有這樣的詩：「神祠別館築商人，穀雨看花局一新。不信相逢無國色，錦棚只護玉樓春。」[3]至今，在山東菏澤、河南洛陽、四川彭州還會舉行牡丹花會，供人們遊樂聚會。

穀雨是個令人歡暢的時節，我們何不偷得浮生半日閒飲茶賞花，就像唐代李涉著名的〈題鶴林寺僧舍〉所敘述的：「終日昏昏醉夢間，忽聞春盡強登山。因過竹院逢僧話，偷得浮生半日閒。」

春天將要過去，夏天即將來臨，在穀雨這個適合出遊欣賞暮春風光，我們或許還可以看見牡丹，在暮春顏色裡滌蕩出天地精神，就像莊子在《莊子・天下》說的：「獨與天地精神往來。」

3 見清人顧祿《清嘉錄》卷三。

掃一掃QRCode，聽于丹老師講「穀雨」！

夏

微雨過，小荷翻。
榴花開欲然。

立夏
小滿
芒種
夏至
小暑
大暑

立夏

黃梅時節家家雨，青草池塘處處蛙

- 時間：陽曆五月五、六或七日。
- 三候：螻蟈鳴，蚯蚓出，王瓜生。
- 代表詩詞：**四時天氣促相催，一夜薰風帶暑來。**（趙友直〈立夏〉）
- 民俗：嚐鮮、飲立夏茶、約輕重、補夏、鬥蛋。
- 代表飲食：青梅、酒釀、鮮雞蛋、鹹鴨蛋。

標誌著由春到夏的季節轉換

立夏代表春盡夏來，這個時節天氣暖和，人的心情也跟著輕盈起來。明代高濂在《遵生八箋》[1]對立夏的評語是：「**孟夏之日，天地始交，萬物並秀。**」指農曆四月，氣溫升高、萬物進入生長旺季，這樣的好時節，大自然與人處處呈現優閒的境界，就像宋代的趙師秀一首非常有名的詩〈約客〉：「**黃梅時節家家雨，青草池塘處處蛙。有約不來過夜半，閒敲棋子落燈花。**」（黃梅時節，外面淅淅瀝瀝下著雨，池塘處處都是蛙聲。時間已過午夜，我約的朋友還沒來，一個人閒散地敲著棋子，震落了油燈的燈芯。）

每年陽曆五月五日、六日時，太陽到達黃經四十五度，就進入立夏。這是二十四節氣的第七個節氣，標誌著由春到夏的季節轉換，表示春天結束、夏天開始，所以立夏又叫「春盡日」。這個節氣歷史悠久，戰國末年時就已經確立。

1《遵生八箋》，明朝養生家高濂所著，內容包括情志、季節、飲食、起居、氣功，以及清賞逸事等養生保健的理論與方法。

「夏」與「假」的最初字義

《月令七十二候集解》中說：「立，建始也。夏，假也，物至此時皆假大也。」這裡的「假」解釋為「大」，指萬物在這個時節都長大了。在中古時期，「夏」字跟「假」字音很近，所以古人就用「假」字來訓詁「夏」，同樣表示「大」的意思。例如漢代的揚雄在《方言》裡，將龐大、宏大的東西稱作「夏」：「自關而西，秦晉之間，凡物之壯大者而愛偉之，謂之夏。」其他「夏」表示為「大」的用法，還包括：華「夏」民族、大「廈」。

小篆．假

接下來我們來看看「假」這個字。「假」是形聲字，「從人，叚（音同「假」）聲」（出自《說文解字》）。《說文解字》解釋「假」的第一義是與「真」相對：「假，非真也。」；第二義是借助、憑藉的意思，例如：狐假虎威、假公濟私，所謂「假借字」，也是用第二義。「假」的第三個字義就是「大」，現在用得最少，《爾雅》[2]裡說：「假，大也。」《尚書．虞書》也說：「克勤於邦，克儉於家，不自滿假。」這句的「假」解釋為「大」，意思是：為人不自滿、不自大，就叫作「不自滿假」。

2 《爾雅》是中國最早的一部纂集詞義訓釋材料的專著，也是中國最早的語義分類詞典。《爾雅》作者已經失考，現在多數人認為，《爾雅》是由秦漢間學者採集六經的訓釋，特別是有關《詩經》的訓釋，編著而成。

立夏的命名由來

古人解釋立夏二字的由來時，說：「**斗指東南，維為立夏，萬物至此皆長大，故曰立夏也。**」意思是：在立夏時的夜晚觀察星空，會看到北斗七星的斗柄正指向東南，此時禾苗長高，雨水開始豐沛，陽光逐漸變強，莊稼萬物長大，以農業為重的民族因此感到喜悅，稱這個季節為立夏。

唐代元稹〈詠二十四氣詩〉則描寫立夏的景象：「**欲知春與夏，仲呂啟朱明。蚯蚓誰教出，王瓜自合生。簾蠶呈繭樣，林鳥哺雛聲。漸覺雲峰好，徐徐帶雨行。**」（想要了解春夏之交的節候變化，就要從農曆四月的立夏開始，此時土壤裡的蚯蚓冒出來、瓜果逐漸長大成熟、蠶繭也結出來了，林中傳來哺育雛鳥的聲音，萬物呈現一片生機。人們漫步於鄉村，天上如山峰般雄偉的雲朵正在緩緩飄移，在所經之處下起了雨。）「呂」是中國古代傳統音樂十二律中陰律的統稱，十二律分六個陽律、六個陰律。而「仲」表示「中」（中秋節也叫「仲秋節」），所以「仲呂」也稱「中呂」，是十二律中的第六律。古人認為一年十二個月的天體運行、季節變化，都跟十二音律相關，例如小鳥在樹上啼鳴如合唱般的天籟之聲、各種水擊打在石頭上發出的高高低低音律、風踩過樹梢如同女高音的聲音，都是音律在不同時節的表現。古人所謂「**孟夏之月，律中仲呂**」，意思就是：農曆四月份是與「仲呂」這個陰律相和的時節。

「朱明」則是夏天的別稱，被用來代稱「立夏節」，例如〈敦煌曲子詞・菩薩蠻〉[3]：「**朱明時節櫻桃熟，捲簾嫩筍初成竹。**」

此外，古人也認為季節帶著不同的顏色：「**春為青陽，夏為朱明，秋為白藏，冬為玄英。**」（典故出自《爾雅》）這個譬喻非常寫意：春天萬物生長，草色青青，所以用青色象徵；夏天太陽火紅，人心也容易有火氣，所以用紅色象徵；秋天「**蒹葭蒼蒼，白露為霜**」（《詩經》），有很多的枯草，呈現白色；到了漫長的冬天，夜長晝短，烏雲時常壓得低低的，所以古人覺得冬天是黑的。

立夏三候：螻蟈鳴，蚯蚓出，王瓜生

《逸周書》記載：「**立夏之日，螻蟈鳴。又五日，蚯蚓出。又五日，王瓜生。**」其實這就是立夏三候。第一候「螻蟈鳴」，指池塘時常傳來蛙鳴，蛙類在田間、池塘邊開始覓食，多了動靜，呈現「**青草池塘處處蛙**」（〈約客〉）的景象。第二候「蚯蚓出」，指地底的溫度變高，使蚯蚓拱出地面呼吸新鮮空氣。到第三候，王瓜也叫土瓜，愈長愈大，在立夏時能摘下來去賣，農民彼此之間也趕緊嚐鮮，清乾隆年間編纂的《新鄭縣志》就有記載：「**四月，王瓜初生，摘售以相送，謂之進鮮。**」當時農民種新鮮瓜

3 〈敦煌曲子詞・菩薩蠻・八首之八〉：
朱明時節櫻桃熟，
捲簾嫩筍初成竹。
小玉莫添香，
正嫌紅日長。
四肢無氣力，
鵲語虛消息。
愁對牡丹花，
不曾君在家。

果李桃，沒有什麼農業汙染，也沒用化學肥料，摘下來洗淨，甚至只是擦兩下就可以吃，在天時中，人的享受是如此自然，反觀現代社會，水果攤的食物已經輾轉不知道放了多久。古時候物質不如現在豐富，但是也有那個時候的天然享受。

立夏農事與祭祀：農民忙插秧、君臣拜南方

立夏這個時節，溫度明顯升高，所以古人寫：「**四時天氣促相催，一夜薰風帶暑來**」[4]（時光荏苒，季節交替，昨日還乍暖還寒，不想一夜薰風就催走了春天的身影）。暑氣蒸騰之下，天空更常下起雷雨，讓農作物蓬勃生長。夏收作物開始進入成熟期，冬小麥進入揚花與灌漿的生長階段，油菜呈現一片黃燦燦，接近成熟了。這個時候，基本上能看得出來這一整年的收成好壞，即古人所謂「立夏看夏」。立夏也是早稻插秧的時機，所以農民不敢懈怠，剛養完蠶，又去插秧了，這時候必須「多插立夏秧」，才能「穀子收滿倉」。詩人看到的則都是詩意，不像農民沒有閒暇賞景，南宋翁卷在〈鄉村四月〉裡寫：「**綠遍山原白滿川，子規聲裡雨如煙。鄉村四月閒人少，才了蠶桑又插田。**」

立夏是大日子，天子在立春、立夏、立秋、立冬時，都要進行祭拜。《禮記・月令》說：「**立夏之日，天子親率三公、九卿、大夫，迎夏於南郊。**」（依據周朝的禮，立夏這一天，天子要率領文武百官去南郊迎夏。）迎接的方位與節氣有關：立春在東郊迎春風；

4 宋朝趙友直〈立夏〉
四時天氣促相催，
一夜薰風帶暑來。
隴畝日長蒸翠麥，
園林雨過熟黃梅。
鶯啼春去愁千縷，
蝶戀花殘恨幾回。
睡起南窗情思倦，
閒看槐蔭滿亭臺。

立夏是炙熱的太陽從南方逐漸覆蓋過來；立秋是人在西方，目送豐收季節的遠去；立冬的時候，朔風則從北邊吹來。在迎接拜四方的儀式上，夏天時君臣一律穿紅色禮服，配朱色的玉佩，馬匹車騎都是朱紅的，表示對司夏之神朱明季節的敬意，紅紅火火也是對夏糧豐收的祈求。夏天，司徒官還要去各地勉勵農民，告訴農民抓緊時間耕作。

立夏習俗：嚐三鮮、飲立夏茶、約輕重、補夏、鬥蛋

立夏這一天，老百姓習慣嚐鮮，因為有一部分農作物已經收成。不同的地方物產不一樣，像在江浙一帶，立夏要嚐青梅、鮮雞蛋，以及做酒釀，稱為三鮮。

各地最普遍的則是喝茶，夏茶清火，不飲立夏茶，這個夏天就會很難受。福建的「七家茶」，意思是各家炒茶葉手法不一樣，茶味也不同，但是各家混合煮成一大壺茶一起喝，綜合了不同的茶香。各家把茶、新鮮的食物放在一起，喝大壺茶、吃長街宴，現在都變成歷史記憶了。

有一些習俗，現在較難理解。例如立夏的時候，人要「約（秤）輕重」，原因是立夏時天氣熱，胃口不好，體重會減輕，大人希望孩子能夠吃得好，所以才會要秤重觀察，不像現代人一到夏天都忙著減肥呢！古時候秤重的方式，是在屋梁或樹上掛一桿大秤，小孩直接坐在籮筐裡，大人手拉著秤鈎子看看多重。「約輕重」要說吉祥話，例如

秤老人的時候祝福長壽，說：「秤花八十七，活到九十一。」秤小孩的時候說：「秤花一打二十三，小官人長大會出山。」

當然，過任何節氣，最高興的還是小孩。以前，立夏的時候，小孩的胸前要掛上煮熟的蛋，據說可以免受病災。立夏還要吃蛋，稱為「補夏」，最好吃鹹鴨蛋，可以補鈣和鐵。手巧的媽媽會勾一個用絲網做成的玩具，並且做上鼻子、眼睛，讓小孩子戴上絲網去「鬥蛋」，遊戲方法是：用絲網將熟蛋掛在小孩脖子上，小孩彼此用蛋頭碰蛋頭、蛋尾撞蛋尾，蛋破就輸了。

我們現在已經進入了商業更發達的時代，但這些習俗仍然存在於季節和歷史記憶中，無論你感到惆悵、眷戀，還是欣喜，我希望大家能隨著季節的變換，了解習俗，也讓自己跟上節令。「夏者大也」，人們在這個大時節必須降燥去火，讓自己在夏天多一些喜悅和平安。

掃一掃QR Code，聽于丹老師講「立夏」！

小滿

最愛壟頭麥，迎風笑落紅

・時間：陽曆五月二十、二十一或二十二日。
・三候：苦菜秀，靡草死，小暑至。
・代表詩詞：麥穗初齊稚子嬌，桑葉正肥蠶食飽。（歐陽修〈歸田園四時樂春夏二首・其二〉）
・民俗：祭車神、祭蠶、溫補。
・代表飲食：喝湯、蠶繭狀的小吃。

小確幸的時節，標誌著農作將要豐收

俗話說「小滿小滿，麥粒漸滿」，小滿，顧名思義，指這個時候的麥子愈來愈飽滿，即將豐收。北宋歐陽修有一首描述小滿的絕句：「夜鶯啼綠柳，皓月醒長空。最愛壟頭麥，迎風笑落紅。」就是說小滿時節，花開始凋謝，但麥子開始茁壯，麥粒逐漸飽滿，搖搖晃晃像是在笑，人們心裡也感覺飽滿、豐盈。

小滿是夏天的第二個節氣，每年的陽曆五月二十一日前後，太陽到了黃經六十度，就是小滿。《月令七十二候集解》說：「四月中，小滿者，物至於此小得盈滿。」這句話像現在說的「小確幸」，「小得盈滿」意思是：得到一點小小的收穫，這些收穫是可以把握住的事物，因此人的心裡漸漸滿足。在中國北方，麥子之類的夏熟作物，從此時開始抽尖豐盈，但還沒完全成熟，這個成長的過程就是小滿。小滿之後，一天比一天接近豐收，所以有這樣的說法：「小滿三日望麥黃」、「小滿十日滿地黃」。

這個時候的鄉間充滿情趣，走在鄉間的小路上，在陽光底下，風一吹，可以看見麥浪翻滾，像波浪一樣。空氣中還有麥香，新麥子的味道沁人心脾。諺語說：「小滿不滿，乾斷田坎」、「小滿不滿，芒種不管」，意思是：看小滿就能知道年收成如何，如果小滿的時候，雨下得不足，之後就沒有辦法種水稻了。

「滿」的造字原理以及演變過程

小篆·滿

《說文解字》解釋「滿」字：「**滿，盈溢也。從水㒼聲。**」左邊是今天的「氵」，右邊是「㒼」（音同「蠻」），代表豐盈到溢出來。「滿」的本義就是水的充盈。「盈」跟「滿」有關係，接下來，我們來看「盈」字。

小篆·盈

「盈」的小篆，下面是個皿墩，就是器皿。上面滿滿地堆著東西。《說文解字》解釋說：「**盈，滿器也。**」（「盈」的本義是儲存滿的器皿。）因此，水或者是其他東西裝滿的狀態稱作「盈」，例如《左傳·昭公五年》提到：「**設機而不倚，爵盈而不飲**」，「爵」是用於飲酒的三足青銅器，「爵盈」

意指盛滿酒杯，但是不喝，「機」是小桌子「几」，「不倚」則是指坐的時候要正襟危坐，不可倚著桌子，否則不禮貌。後來，「盈」更引申為所有凡是處於滿溢狀態的事物，例如「月亮盈虧」，或形容人有時「盈盈自喜」、「熱淚盈眶」、「惡貫滿盈」，或指事物狀態「賓客盈門」、「物質豐盈」，用的都是「盈」字。

我們可以看出，「滿」和「盈」其實是同義詞，最大的不同在於使用時代的先後，「盈」用得較早，戰國以前已在使用，例如《孟子》、《左傳》這些文獻，大都只用「盈」而不用「滿」。「滿」在戰國後期才開始大量使用。

後來「滿」逐漸擴大使用範圍，從「水充盈」這個本義，擴大指到處都是、無所不在等等的意思。像是形容天上的陰雲到人心中的疑雲會用「布滿」，還會用「滿街跑」、「滿世界轉」，就是無所不在的意思，例如唐代詩人劉方平在〈春怨〉[1]寫道：「寂寞空庭春欲晚，梨花滿地不開門。」「梨花滿地」指觸目都是，與「賓客滿門」、「滿目蕭然」、「滿面塵灰」用法相同。

「滿」字再引申，則可以指充實、完滿，像是：人心的「滿足」，對這件事情「滿意」，祝福諸事「美滿」。

小滿之滿，是留有餘地的滿，到了這樣一個時節，花未全開、月未全圓，人心中還有留白。恰在此時，將要豐盈、尚未飽滿的時候，就是小滿來了。

---

1 劉方平〈春怨〉：
紗窗日落漸黃昏，
金屋無人見淚痕。
寂寞空庭春欲晚，
梨花滿地不開門。

小滿三候：苦菜秀，靡草死，小暑至

自然界的花草樹木、飛禽走獸都跟氣候變化相關。小滿的三候是：「一候苦菜秀，二候靡草死，三候小暑至。」苦菜花在農村是普遍食用的野菜，小滿的時候，苦菜花特別美，口感也好。《詩經．唐風》就有這樣的句子：「採苦採苦，首陽之下」（在首陽山下採摘苦菜），苦菜是古時候解救荒災的糧食，這種野菜可以充飢，就像有首歌唱道：「春風吹，苦菜長，荒灘野地是糧倉」。還有，王寶釧苦守寒窯十八年，就是以苦菜充飢。苦菜學名也叫敗醬草，李時珍稱它為「天香菜」，能清熱、涼血、解毒。《本草綱目》[2]裡面還有相應的記載。

「二候靡草死」（適合陰涼環境、枝條細軟的草，在愈來愈強烈的陽光下開始枯萎），小滿之時，中國北方也進入夏天，在陽氣日盛的時候，細小的草都枯萎了。《禮記》注解靡草：「草之枝葉而靡細者。」指的就是禁不起曝晒的小草。

「三候小暑至」，後來在《金史志》中改成了「麥秋至」。理由是依照《月令》上的說法：農曆四月「麥秋至」，五月「小暑至」；而小滿是農曆四月中旬的節氣，所以將它們調換。《月令》中，還有句話說「秋者，百穀成熟之時，此於時雖夏，於麥則秋，故云麥秋也。」意思是：小滿雖然還是在夏天，但是秋收的麥子已經成熟，能收割了。這都是古人長期對自然界進行觀察的經驗總結，充滿了生活智慧。

2《本草綱目》，明朝李時珍撰，是舉世聞名的博物學巨典，集食物、藥物的種植、收採、調制及醫養功效之大成。此書採用「目隨綱舉」編寫體例，故以「綱目」名書。

小滿習俗：祭車神、祭蠶、溫補、喝湯

小滿的習俗有「祭車神」和「祭蠶」這兩個古老的傳統。關於「祭車神」，江南一帶有「小滿動三車」的說法，所謂「三車」，就是水車、紡車和牛車。傳說萬物有靈，車身是白龍，祂是掌管三車的神靈。在小滿這天，農民會在水車前頭放魚肉、香燭來祭奠車神。比較特殊的祭品，是將一杯白水在祭祀的時候潑入田中，有祝願水源充盛、雨水充足的意思。

至於「祭蠶」，傳說小滿也是蠶神的誕辰，南方較多養蠶戶，蠶寶寶確實難養，必須採桑葉餵食、觀察環境冷熱乾溼、等待蠶寶寶吐絲。以前靠蠶絲做成紡織品買賣的年代，特別在乎小滿這個時節，當幼蠶孵化、桑葉充足，人們會用米粉、麵粉做出像蠶繭一樣的小吃，自己食用，也供奉神明，祈禱今年的蠶寶寶吐絲能夠豐收。這些節氣習俗，其實都是人們期盼風調雨順，天人合一。

小滿時，也要注意養生。由於天氣太熱，人要清熱養陰、溫補。小滿是喝湯的季節，也就是中醫所謂的「去溼邪」。現在的孩子對這個季節沒什麼概念，像是有天我對學生說：「今天是小滿。」有一個小女孩問：「老師，有大滿嗎？」我愣了一下回答：「沒有。」小女孩說：「那有小暑、有大暑，有小寒、有大寒，有小雪、有大雪，為什

麼有小滿，沒有大滿呢？」

我忽然覺得她問了一個哲學問題。當麥粒抽尖，豐盈飽滿，逐漸要走向豐收，這個時候農民心中有小小的滿足，是「小得而盈足」，對「小確幸」感到開心，而不是奢望天上掉大餅的大滿。什麼叫大滿？比如買彩券，突然就中了上千萬的頭獎，或是在選秀節目中，忽然就成了爆紅的明星，這些大概就是一般人理解的大滿吧。但是，靠天吃飯的農民，寧可相信小滿，讓凡事都循序漸進。

在小小的滿足裡有小小的安寧與踏實，沒有大滿，就不會有大失落。所以，小滿不只是個節氣，更是一種哲學。

芒種

家家麥飯美，處處菱歌長

・時間：陽曆六月五、六或七日。
・三候：螳螂生，鵙始鳴，反舌無聲。
・代表詩詞：**時雨及芒種，四野皆插秧。（陸游〈時雨〉）**
・民俗：送花神、安苗、煮梅子。
・代表飲食：梅子。

標誌著農民開始忙碌的時節

諺語說得好：「芒種芒種，連收帶種。」一到芒種這個時節，農民們就要開始忙碌，既要收割又要播種。說到芒種，「芒」字除了跟「忙碌」的「忙」諧音，同時，「芒」的草字頭，也指穀類種子殼上或草木上，立著像小針的刺。這就是所謂的「針尖對麥芒」。

芒種是二十四節氣的第九個，也是夏天的第三個節氣，到這個時候，仲夏時節正式開始。每年當太陽到達黃經七十五度的時候，就到了芒種。《月令七十二候集解》說：「**五月節，謂有芒之種穀可稼種矣。**」就是說此時要趕快收割有芒的麥子，接著種下稻子。分開看「芒種」兩個字，「芒」指的是麥子一類有刺有芒的植物，收成之後，播種穀黍類，由於農忙，所以人們也開玩笑稱芒種就是「忙著種」。

「芒」的造字原理以及演變過程

跟芒種節氣相關的「針尖對麥芒」這句話，現在用來形容爭執雙方實力相當，互不相讓。「芒」之所以能夠跟針尖比拚，從字形可以看出端倪。

「芒」字的小篆上面是草，下面是亡，《說文解字》解釋：「**芒，艸耑**（音同「端」）**也。從艸，亾**（音同「旺」）**聲。**」這裡的「艸耑」，其實就是草木呈現尖角的頂端。

小篆·芒

「艸耑」的「耑」，甲骨文中間這一橫把它分成上下兩個部分：上面是植物初生、漸漸長出枝葉的形狀；中間這一橫，指穩固的土地、地表；下半部指地下盤根錯節，草木從地下鑽出地面的樣子。按照《說文解字》的說法，「耑」的本義是：「**物初生之題也。上象生形，下象其根也。**」（植物剛長出來的頂端，上半部是生長出來的樣子，下半部是根脈。）

甲骨文·耑

所以說，「芒」是指草木頂端的芒刺，包括麥子、稻子殼上的那些小細毛，別小看一根小刺，它其實能夠穿透很多東西，所以才說能與針尖相互對抗。

「芒」，從穀類種子殼上、草木上針狀物的這個本義，可以引申為像芒的事物，例如形容人鋒「芒」畢露、光「芒」萬丈，都借用如放射出的尖端之意。在旁邊加上三點水，「茫茫」就指模糊不清、廣大遼遠，例如《莊子．盜跖》裡「目芒然無見」，就是指極目遠望，模糊不清。《左傳．襄公四年》也是用這個意思：「芒芒禹跡，畫為九州。」杜預注解：「芒芒，遠貌。」（茫茫的大地上遍布著大禹的蹤跡，他把天下分為九州。）可見「麥芒」的「芒」和「茫茫」的「茫」，是演繹的關係。想想看「芒果」呢？有什麼關係？我在這裡解答：沒什麼關係。英語mango這個詞翻譯的時候，音譯兼意譯，它是個水果，再找個草字頭的字，所以就有了「芒果」，跟字義沒太大的關係。

芒種三候：螳螂生，鵙始鳴，反舌無聲

「一候螳螂生，二候鵙（音同「局」）始鳴，三候反舌無聲。」這三候其實都跟蟲鳥有關。螳螂在深秋的時候產卵，到第二年芒種的時候，卵中的小螳螂感覺到夏天快要過去，一絲絲陰氣開始出來，所以破殼而生。這時節特別熱，草蟲對天氣的感受靈敏，《月令七十二候集解》就說：「**螳螂，草蟲也，飲風食露，感一陰之氣而生，能捕蟬而食，故又名殺蟲。**」螳螂是草蟲，飲風食露，有一絲絲陰氣，牠就能感覺到。牠能捕蟬當作食物，「**深秋生子於林木間，一殼百子**」，繁殖能力非常強，接著「**則破殼而出**」。中藥材的「桑螵蛸」，其實就是指螳螂掛在桑枝上的卵蛸。

二候「鵙始鳴」，到芒種第二候，喜陰的伯勞鳥感覺到天氣從極熱要開始轉涼了，

牠們出現在枝頭，「鵙鵙」而鳴。「鵙」是伯勞鳥，雖然體型小，卻是猛禽。伯勞在《本草綱目》裡寫為「博勞」，朱熹《四書集注》說：「**博勞是惡聲之鳥，蓋梟類也。**」（名聲不太好，屬於梟類。）《惡鳥論》裡面解釋：「**百勞以五月鳴，其聲鵙鵙然，故以之立名，似俗稱濁溫。**」也就是說，「鵙鵙」是形容伯勞的叫聲，也是伯勞稱為「鵙」的原因。

至於「三候反舌無聲」，「反舌」指的也是一種鳥，《月令七十二候集解》說：「**諸書以為百舌鳥，以其能反復其舌故名。**」這裡的「反舌」，不是指正「反」，而是指「反復」學舌，牠能夠學其他鳥鳴。牠在芒種時也感受到陰涼，所以啼聲比較弱。古人對大自然的觀察特別細緻入微，盛夏之時蟲鳥大聲鳴叫、蟬鳴響亮，但是古人也觀察到了這時節動物的鳴叫變微弱。節序如流，古人根據草木鳥獸的變化，得出對節氣的認識，用簡單明瞭的話語總結，概括出每個節氣對應三候特有的現象。

芒種習俗：送花神、安苗、煮梅子

芒種到來，就要順天應物，組織農業生產，改善生活。特別是芒種時節這麼忙的時候，既要收割又要播種，所以有句話說「春爭日，夏爭時」（春天按天爭取時間，夏天就得按時辰來爭取）。這個時候，播種其實愈早愈好，才能保證在秋天前有足夠的生長期。長江流域有個說法：「栽秧割麥兩頭忙」，華北地區稱「收麥種豆不讓晌」，可以看出芒種時節多麼忙，正中午前後多熱，卻捨不得休息。陸游〈時雨〉[1]詩中也描寫了人們忙碌的情景：「**時雨及芒種，四野皆插秧。家家麥飯美，處處菱歌長。**」

雖然忙，芒種也有習俗要過，代表的當然是送花神、安苗和煮梅子。

農曆五月，大夏天裡，百花凋零殘敗，民間有民間的浪漫，大家通常在芒種祭祀花神。早春的時候迎來，這個時候送走，要懷著感激之情。不過，這個習俗並不普遍，現在很多人不知道芒種時要送花神。

「安苗」這個習俗知道的人比較多，因為與農耕有關。這個習俗起自皖南（安徽省南部），始於明初，一到芒種，皖南的農民種完水稻，為了祈禱秋天收成好，就要祭祀，方法是：用剛收割的麥子打出麵粉，把麵粉捏成五穀六畜、瓜果蔬菜等各式各樣的形狀，然後用蔬菜汁染色，當作祭祀的貢品。別以為五彩餃子、五色麵條是現代人的發明，其實以前的人，就已經會使用各種顏色的物料，打扮各式各樣的食物了。

煮梅子，最有名的是三國典故「青梅煮酒論英雄」，這是說曹操在煮青梅酒的時候，試探劉備是不是真英雄。其實現在在中國南方，也有芒種煮梅子的習俗，因為這個時候熱，梅子酒可以消暑。我每次去雲南到大理一帶，都會有朋友捧出家裡已經放了很久的梅子酒，非常香甜，酒氣其實已經不是很重，入口以後，覺得神清氣爽。當然，大多數的梅子剛泡的時候會太酸澀，剛泡就能入口好喝的技巧，就是把它煮一煮，現在還

1 陸游〈時雨〉：
時雨及芒種，
四野皆插秧。
家家麥飯美，
處處菱歌長。
老我成惰農，
永日付竹床。
衰髮短不櫛，
愛此一雨涼。
庭木集奇聲，
架藤發幽香。
鶖衣溼不去，
勸我持一觴。
即今幸無事，
際海皆農桑。
野老固不窮，
擊壤歌虞唐。

有將梅子晒乾了以後做蜜餞，或是煮酸梅湯、酸梅茶的作法。

芒種的起居飲食之道：宜清補，順應陽氣睡覺調養

孔子曾經在《論語．鄉黨》[2]說過「不時不食」（吃任何東西都要應時令、按季節）。所謂的「春吃芽、夏吃葉、秋吃果、冬吃根」，就是根據時令進補。到芒種這個天時最熱的時候，就像俗話說：「芒種夏至天，走路要人牽；牽的要人拉，拉的要人推。」這就是形容懶、不愛動，除非被人拖、拉、推，否則不出門。這個時候江南進入梅雨時節，天氣潮溼悶熱，人的新陳代謝加快，能量消耗大、流的汗也多，頭腦也不清醒了，食慾當然不太好。調理的方式就是煮梅子提升食慾，飲食上，這時候基本上吃不下太油膩的食物，可以多吃點新鮮的蔬菜、水果、豆製品。

走到任何一個時令都有時令的講究，這時候也要注意預防中暑，好多人都有夏天午睡的習慣，就是要順應旺盛的陽氣，保持清醒的頭腦，就像夏天放暑假，冬天放寒假，其實就是在天地極熱和極冷的時候，人需要休息調整。無論是暑假還是寒假，作業別太多，它既然是個假，就是要順天應物，調整內心，生機蓬勃，讓人高高興興再迎來一個學習的舒適時節。當然，芒種這個時候，農民在農地裡忙著，學生也忙，各個學校正要進入期末考試，提醒大家千萬別太上火，忙而不亂，心裡保持清涼，才能有好成績。

2《論語．鄉黨》：「食不厭精，膾不厭細。食饐而餲，魚餒而肉敗，不食；色惡，不食；臭惡，不食；失飪，不食；不時，不食；割不正，不食；不得其醬，不食。」

夏至

晝晷已雲極，宵漏自此長

- 時間：陽曆六月二十、二十一或二十二日。
- 三候：鹿角解，蜩始鳴，半夏生。
- 代表詩詞：夏至一陰生，稍稍夕漏遲。（白居易〈思歸〉）
- 民俗：女人互贈禮、吃苦味清補。
- 代表飲食：帶苦味的食材。

標誌夏天走到極致、白晝最長的節氣

夏至是二十四節氣中白晝最長、黑夜最短的一天。這是二十四節氣中最早被確定的一個節氣，大概在公元前七世紀的時候，先人就用土圭測日影，確定了白晝最長的一天是夏至。唐代詩人韋應物〈夏至避暑北池〉[1]說：「**晝晷已雲極，宵漏自此長。**」意思是：白天的日子已經到極致了，所以物極而反，夜裡宵漏聲音從此一天比一天長，代表白天日漸短了。

「夏」的造字原理以及演變過程

「夏」是象形字，甲骨文字形從上往下看，有頭髮、腦袋、軀幹，還有腳，就像一

1 韋應物〈夏至避暑北池〉：
晝晷已雲極，宵漏自此長。
未及施政教，所憂變炎涼。
公門日多暇，是月農稍忙。
高居念田裡，苦熱安可當。
亭午息群物，獨游愛方塘。
門閉陰寂寂，城高樹蒼蒼。
綠筠尚含粉，圓荷始散芳。
於焉灑煩抱，可以對華觴。

甲骨文‧夏

甲骨文‧夏

個完整的側視人形，表現出史學家們所說的威武雄壯的夏族人。中國人古代自稱「夏」、華夏民族，原因在於古文的「夏」，看起來是一個頭、身、手足俱全、完美無缺的人，因此先民就借用這個美好的字眼，來代指民族。《說文解字》就這樣解釋「夏」：**「夏，中國之人也。從夊**（音同「只」）**，從頁，從臼。」**「臼」是指兩手，下面的「夊」指兩腳，而「頁」指頭頂，例如與頭頂有關的「頂」、「項」，都從頁。

金文‧夏

小篆‧夏

「夏」字的金文字形繼承了甲骨文的形體，在結構上更細緻。小篆則基本上保持了金文的形體，只是減省筆畫。

孔穎達[2]在《春秋左傳正義》中說：**「中國有禮儀之大，故稱『夏』，有服章之美，謂之『華』。華夏，一也。」**（「夏」指中國人是最講究禮儀的民族，「華」指中國人服裝非常漂亮搶眼。）「華夏」由此而來，成為漢民族先民的自稱，後來更成為整個中華民族的合稱。

「夏」字的源流，最早指中原古部族名，也就是夏族，後來沿用為中國人的稱呼。《爾雅》解釋**「夏，大也」**，可知「夏」還有「大」的意思，這個概念形成於春秋戰國之交，因為戰國以後，封建大一統觀念開始深入人心，「夏」與「大」的意義日漸相合，「夏」便逐漸引申出了「大」這一義。今天的山西、陝西一帶是中華古文明的發源

2 孔穎達，唐朝經學家，孔子後裔。奉唐太宗之命編纂《五經正義》，總結保存西漢以來的經學成果。《春秋左傳正義》是其中之一。

地，當地方言仍稱「夏」為「大」，就是一個例證。杜甫在〈茅屋為秋風所破歌〉寫道：「**安得廣廈千萬間，大庇天下寒士俱歡顏。**」（我要如何興建千萬間寬廣大廈，庇護普天下受凍之人？）其中的「廈」字，就是在「夏」的外面加上了建築的外形。

但是，「夏」現在更普遍地被理解為季節，這是為什麼呢？

朱駿聲[3]《說文通訓定聲》中，解釋「夏」的小篆字形：「**夏，象人當暑燕居，手足表露之形。**」（「夏」字象徵人大熱天懶得動，赤足露背、攤手攤腳躺著的樣子。）這是用人們在夏天的形象，來引申出春夏秋冬的「夏」義，因為人能閒閒地待著，露手露腳，肯定是在夏天，要是冬天的話會太冷。因此，「夏」可以表示偉大、盛大，也可以表示「夏天」。「夏」字從一個民族到一個季節，就是這樣演變的。

甲骨文·至

夏至的「至」也是象形字。《說文解字》把「至」字解釋為：「**鳥飛從高下至地也。**」（鳥從高處飛落到地面。）這個字形表現動態，由此引申出「到達」之意，接著又引申出「極端」的意思。夏至，就是夏天到了極致的時候。夏至這一天，是全年北半球地區白晝最長的時候。

夏至三候：鹿角解，蜩始鳴，半夏生

夏至的「一候鹿角解」，意指鹿的角將脫落、換新角；「二候蜩始鳴」，指知了開

3 朱駿聲，清朝文字學家，研究許慎《說文解字》的四位大家之一，代表作《說文通訓定聲》是一部按古韻部重新編排順序，從字形、字義、字音三方面研析《說文解字》的書。

始鳴叫；「三候半夏生」，指藥材「半夏」會在這個時節生長。第一候鹿角開始脫落，第二候時，雄性的知了感覺到陰氣漸漸滋生，便開始鼓翼而鳴。炎熱的仲夏，地下的陰氣漸出，喜陰的植物開始萌發，而半夏是喜陰的藥草，因此到了夏至第三候陰氣滋長之時，在沼澤地、水田裡就開始生長。

此外，人們時常認為鹿角出自「麋鹿」，但其實麋、鹿同科不同屬性，按萬物皆分陰陽的說法，一屬陰、一屬陽。鹿角是往前長出的，屬陽，到夏至，陰氣生、陽氣開始衰弱，所以陽性的鹿角就開始脫落了；而麋屬陰，所以到冬至，麋角才開始脫落。

夏至習俗：女人互贈禮、吃苦味食物清補

夏至在古代是重要節日。宋代從夏至這天開始，百官例行放假三天。到遼代，「夏至日」叫「朝節」，女人之間要互贈禮物，如彩扇、脂粉袋、香囊之類。

中國文化說白了就是百姓日常之用的具體呈現，例如冬天有首〈冬九九歌〉：「一九二九不出手，三九四九冰上走……」[4]其實，夏天也有〈夏九九歌〉，「夏九九」意思就是從夏至那一天為起點，九天為一個九：「一九至二九，扇子不離手。三九二十七，冰水甜如蜜。四九三十六，汗溼衣服透。五九四十五，樹頭清風舞。六九五十四，乘涼莫太遲。七九六十三，夜眠要蓋單。八九七十二，當心莫受寒。九九八十一，家家

4「冬九九」指從冬至算起每九天為一個九，一直數到「九九」八十一天，即為「出九」，一九二九天氣開始冷了，手會凍得不由自主揣在兜里，三九、四九則是全年最寒冷的季節。

找棉衣。」總共九九八十一天，從夏至開始，「一九」比「一九」逐漸變冷，就過了秋天。

生活上，夏天陽氣盛於外，從夏至盛極轉陰，陰氣在內，飲食要清涼、能夠洩暑，所以適合吃一些帶苦味的食材，進行清補。

中國哲學的陰陽相生，並不是陰陽完全的對立和時間的切割，而是互相轉換。夏至這個日子很特別，陽氣最盛、白晝最長、人心煩躁；同時，剛好就是從這一天，各種陰氣開始滋生。到夏至的時候注意別心煩氣躁，可以早點起床、稍微晚睡，平心靜氣迎接整個歲月的交疊。

掃一掃QR Code，聽于丹老師講「夏至」！

小暑

暑雨留蒸溼，江風借夕涼

- 時間：陽曆七月六、七或八日。
- 三候：溫風至，蟋蟀居宇，鷹始鷙。
- 代表詩詞：暑雨留蒸溼，江風借夕涼。（杜甫〈遣悶〉）
- 民俗：食新、喝綠茶。
- 代表飲食：綠茶、蓮子羹、涼拌菜、薏米冬瓜湯、綠豆沙、黃鱔。

標誌著如水煮物，天氣溼熱的節氣

過完了夏至，就到了小暑，氣溫一天一天升高。「暑」本身就是炎熱的意思，小暑就是小熱，大暑是大熱。也就是說，小暑代表天氣漸漸非常炎熱的開始，到大暑的時候，就是一年中炎熱的頂點。中國從先秦時期就有二十四節氣，到漢代時完全確立，它做為農事活動的指南針，讓人能夠預知冷暖雪雨。其中有很多奧祕，從漢字裡也可以解出很多密碼，反映出農耕民族的生活經驗是有系統地代代相傳的。

夏天的太陽像顆大火球，散發出光芒，普照大地萬物。有時候下午會看見花草被晒得委靡不振，所以在這種最熱的時間，人們是不出門的。**民間有個說法：「小暑大暑，上蒸下煮。」**上蒸下煮的意思是：太陽熱辣辣把大地烤得熱氣騰騰，使得人們嘩啦啦地流汗，就像一口大鍋正在烹煮。所以《釋名》[1]直截了當地說：「暑者，煑（煮）

1《釋名》，東漢劉熙撰，是一部從語言聲音的角度推求字義由來的訓詁學著作。

也。」如水煮物，這種說法更接近人對天氣的體感。

「暑」與「煮」的造字原理

先來看「暑」字。《說文解字》對「暑」的解釋是：「**熱也，從日者聲。**」「暑」就是熱的意思。「暑」的小篆，上面是個大太陽照著，下面是一個「者」，除了表示「者」是它的聲符以外，還表示世間萬物。

小篆・暑

因此，太陽照射著底下的萬事萬物，這樣的狀態就是「暑」。

《說文解字》是從字形、字義來談，《釋名》則是從聲音上來看。「暑」字和「煮」字不光讀音非常接近，它們的字形也有一定的關聯，「暑」是「日」加上「者」，

小篆・暑

小篆・煮

「煮」的小篆則是「者」下面加四點，代表火。也就是說，暑天的太陽是上方的一團火，而蒸煮則是底下有一團火。

用「煮」來解釋「暑」，是因為「煮」不是一般的熱，它還有溼漉漉的感覺。所以，清代研究《說文解字》的四大家段玉裁就明確地說：「**暑之義主謂溼，熱之義主謂燥。**」（「暑」主要是溼熱，「熱」主要是乾燥的燥熱。）而「熱」就是「爇」，如火乾燒，煮則帶水氣。所以，杜甫在〈遣悶〉[2]裡這樣消暑：「**暑雨留蒸溼，江風借夕涼。**」就

---

2 杜甫〈遣悶〉：地闊平沙岸，舟虛小洞房。使塵來驛道，城日避烏檣。暑雨留蒸溼，江風借夕涼。行雲星隱見，疊浪月光芒。螢鑒緣帷徹，蛛絲罥鬢長。哀箏猶憑几，鳴笛竟沾裳。倚著如秦贅，過逢類楚狂。氣衝看劍匣，穎脫撫錐囊。妖孽關東臭，兵戈隴右創。時清疑武略，世亂跼文場。餘力浮於海，端憂問彼蒼。百年從萬事，故國耿難忘。

是說這種「桑拿天」實在難受，白天簡直就是上蒸下煮，讓人有一種溼熱之感，杜甫只能晚上去江邊吹點小涼風。

小暑三候：溫風至，蟋蟀居宇，鷹始鷙

早在古時候，中國人對小暑天氣的感知已經很準確，小暑三候為：「一候溫風至，二候蟋蟀居宇，三候鷹始鷙。」「一候溫風至」指大地極熱，沒有涼風，就算一時覺得風來了，也是溫風。這裡溫風用得客氣，我們甚至有時候感覺到風裡吹著熱浪。

二候「蟋蟀居宇」，「宇」是房簷下。所以《詩經．豳風．七月》裡敘述蟋蟀「**七月在野，八月在宇，九月在戶，十月蟋蟀入我床下**」。這裡說的八月（詩經所用的古曆法），是農曆中的六月，就是指小暑節氣。夏至的時候，蟋蟀還會在外活動。等到開始要轉熱的時候，蟋蟀比人敏感，所以離開了田野，到庭院的牆角下避暑熱。

三候「鷹始鷙」表示老鷹因為地面的氣溫太高，所以不待在地上，而是在清涼的高空中活動。這三候看的都是生物的變化，體會風，看蟲、看鳥，是中國人對於時節、氣候、物象的把握。其實，這樣一套經驗系統在今天看起來滿奢侈的，像是在都市裡的孩子就沒有這套經驗，不如農耕民族永遠是跟動物、植物共同生長在天地間的。

放寒假、放暑假，都是最熱和最冷的時候，目的是讓人的身體休息，不適合再操

勞。所以建議各位父母，暑假和寒假，不要讓孩子上那麼滿的補習班。它本來就是個假期，假期就是為了讓人在極寒、極暑的時候，避開自然對人的侵害。

小暑養生法：忌發怒，宜喝綠茶、早起晒日養陽氣

關於夏天的養生，《黃帝內經》說要「夜臥早起，無厭於日，使志無怒，使華英成秀，使氣得洩。」也就是說：這個季節可以晚點睡，但要早點起床，不要厭惡太陽，因為晒太陽有助於養陽，人們要平心靜氣，降燥去火。大夏天講究喝綠茶，是因為它屬於未發酵茶，是清心潤燥的，讓人平衡。所以《黃帝內經》養生的方式，就是夏天不能發怒。本來天氣就很燥了，人如果再躁動，會很傷身。

這個季節本來就陰氣不足，雖然可以比春天稍微晚一點入睡，但是應該更早起床，順應陽氣的充盈飽滿。不要怕白天的太陽太大，還是要晒晒太陽，保持情緒的愉悅舒暢，讓心情像花開一樣，氣息舒暢，能夠流淌自如。

北歐有一些高福利國家，人們普遍過自在的日子，但憂鬱症發生率卻很高，那邊的朋友告訴我，日照時間太短了。在冬天，只有正午那兩三個小時是白天，剩下就是長長的黑夜。因此，在討厭夏天太熱時想想，要是沒有了大太陽烤著的話，對人的養陽是不宜的。

小暑飲食之道：食新、蓮子羹、涼拌菜、薏仁冬瓜湯、綠豆沙

人在小暑時候，如何配合季節調養也是傳統中的一門學問。夏天有時候胃口不好，因此有個說法：「大暑小暑，有米懶煮」（家裡有米可以下鍋，卻不做飯），反映了人被太陽蒸得骨頭都散了，吃不下東西，沒胃口。

關於食補，在夏天，不光喝綠茶消火，我也鼓勵多喝蓮子羹、多吃涼拌菜，還有祛溼的薏仁冬瓜湯、綠豆沙……這些都是解暑的。江浙一帶還流行吃黃鱔。客家人有「食新」的習慣，就是小暑過後嚐新米。所有這一切的習慣，就是人在飲食上、起居上都配合著大地的節奏走。

寒暑有代謝，往來成古今，來到這個最熱的季節，大家應該靜靜心、消消火，讓自己心神從容，重要的是制怒。這個季節的養生重點，是看心情能否通透舒暢。古人沒有今日這麼好的避暑條件，他們可能只是喝杯茶，煮點綠豆湯，但是擁有一份散淡，不像今天這麼忙碌。希望大家能借鑒農耕文明的智慧，讓自己心安、神安，降燥去暑。也許大家能從漢字中讀懂季節，過一個美好的夏天！

掃一掃QR Code，聽于丹老師講「小暑」！

大暑

清風不肯來，烈日不肯暮

- 時間：陽曆七月二十二、二十三或二十四日。
- 三候：腐草為螢，土潤溽暑，大雨時行。
- 代表詩詞：何以消煩暑，端坐一院中。（白居易〈消暑〉）
- 民俗：飲伏茶、晒伏薑、燒伏香。
- 代表飲食：薑、荔枝、羊肉、米糟、仙草、鳳梨。

一年之中，日頭最暴烈的節氣

民間俗語說：「大暑小暑，上蒸下煮。」意思是說在大小暑天，烈日當空，熱氣蒸騰，太陽底下的人和萬事萬物，都好像在一個大鍋子裡被煮著一樣，具體道出了炎炎夏日給人暑熱的感受。

小暑節氣一到，就意味著天氣開始炎熱，但還沒到最熱的時候。當太陽到達黃經一百二十度的時候，大暑節氣就到了，這是一年中最熱的時候。烈日、高溫預警、雷陣雨和颱風，都是大暑的標誌。小暑為小熱，大暑就表示炎熱到了極點。

「大」的造字原理以及演變過程

甲骨文．大

金文．大

「大」的甲骨文與金文的字形差別不大，只是線條相對粗厚圓潤，像一個正面站立、兩臂張開、兩腿直立、頂天立地的巨人形象，傳達出人是「萬物之靈」的意象，就如《說文解字》解釋「大」：「**天大、地大、人亦大，故大象人形。**」古人認為人是萬物之靈，以人為大，所以就用一個人的形象來表現「大」這個詞。

「大」，後來用以形容體積、面積、數量、力量、規模、程度等方面超過一般標準，或超過所比較的對象，與「小」相對。所以，當炎熱到了極點，古人就稱之為大暑，因為熱的程度超過了以往所有的節氣，當然，尤其是與小暑相比較而言。

《山海經．大荒西經》[1]有一個記載這種極熱天氣的神話傳說：「**有壽麻之國。南嶽娶州山女，名曰女虔。女虔生季格，季格生壽麻。壽麻正立無景，疾呼無響。爰有大暑，不可以往。**」（有個國家叫壽麻國。南嶽娶了州山的女子為妻，她的名字叫女虔。女虔生了季格，季格生了壽麻。大暑天氣的炎熱程度到，當壽麻端正站在太陽下時，不見任何影子，他高聲疾呼，四面八方卻沒有一點回音。）傳說中還有一句「**爰有大暑，不可以往**」（壽麻國異常炎熱，人不可以前往）。注釋家郭璞[2]說：「**言熱炙殺人也。**」可見，在古人的觀念裡，大暑天確實是炎熱到了極點，對人和一切生物都造成很大的影響。《易經》則體現了物極

1《山海經》，中國志怪古籍，記載的內容包括中國古代神話、地理、植物、動物、礦物、巫術、宗教、醫藥、民俗、民族等。現多認為成書並非一時，作者亦非一人，大體是戰國中後期到漢代初中期的楚國或巴蜀人所作。

2郭璞（西元二七六～三二四年），兩晉時期著名文學家、訓詁學家、風水學者。他好古文、奇字，精天文、曆算、卜筮，以〈遊仙詩〉名重當世，曾為《爾雅》、《方言》、《山海經》作注，傳於世。

必反的規律：「寒往則暑來，暑往則寒來。」從小暑到大暑，暑熱程度從小到大，在炎熱的極點之後便是立秋了。

大暑三候：腐草為螢，土潤溽暑，大雨時行

古時候，人們對大暑的感知、認識已十分準確，也與現代人對暑天的感受相同。大暑分為三候：「一候腐草為螢，二候土潤溽暑，三候大雨時行。」第一候「腐草為螢」，螢火蟲分為水生和陸生兩種，陸生的螢火蟲會在枯草上產卵，大暑時，螢火蟲就會卵化而出，所以古人誤以為螢火蟲是由腐草變成，所以當螢火蟲在腐草中出現，就是大暑到來的特徵之一。

第二候「土潤溽暑」，指天氣開始變得悶熱，土壤中的溼氣蒸發，也使空氣也變得溼熱，正如前一篇〈小暑〉提到暑與熱是有區別的，大暑是溼熱，「土潤溽暑」和我們的感受非常契合。

第三候「大雨時行」，表示時常有大雷雨出現，可以減弱暑熱，並且天氣開始過渡到立秋。夏天雷陣雨極為常見，尤其是在南方，在高溫酷熱的午後，常常有雷暴雨來襲，讓人猝不及防。但也有技巧可以預知，就像諺語說：「東閃無半滴，西閃走不及。」意思就是：在夏天午後，閃電如果出現在東方，雨不會下到這裡；若閃電在西

方，那麼雨勢很快就會到來，要想躲避都來不及。

大暑三伏天：天氣在酷熱之中潛伏著寒冷

俗話說：「冷在三九，熱在三伏」，表示最熱的時候其實不在夏至，而在三伏天[3]。進入小暑之後，也就進入了三伏天，這是一年中氣溫最高，而且又潮溼、悶熱的日子。

金文・伏

小篆・伏

先看「三伏」的「伏」金文字形，左上方是「人」的形象，右下方是「犬」，《說文解字》解釋：「（伏）司也。從人從犬。」「伏」是會意字，是犬趴伏著伺機吠叫、襲擊人之意。引申出藏匿、隱蔽、伏擊等意思，因此所謂三伏天，意思是：陰氣受陽氣所逼，潛伏、潛藏在地下。從夏至開始，晝漸長夜漸短，陽極陰生，陰氣在內，陽氣在外，通俗而言，就是炎熱當中潛伏著寒冷的因素，這就是「伏」的得名緣由。

根據史書記載，「三伏」的說法始於春秋時代，流傳至今，已經有兩千六百多年的歷史。三伏天恰好在小暑和大暑之間，是一年中最熱的時候，所以有句關於農耕的諺語說：「小暑不算熱，大暑三伏天。」雖然大暑給人酷熱、潮溼等不好的感受，但對於莊稼而言，卻是豐收與否的關鍵時節。大暑期間的高溫酷熱，本來就是正常的氣候現象，如果沒有充足的光照，喜溫的水稻、棉花等農作物生長就會受到影響，因此俗語說：

3「三伏」大約在陽曆的七月中旬到八月中旬，是北半球每年天氣最炎熱的一段，分為初伏、中伏、末伏。

「大暑不暑，五穀不鼓」、「大暑無酷熱，五穀多不結」。這時候水分蒸發也特別快，尤其是長江中下游地區正值伏旱期，旺盛生長中的作物更加迫切需要水分，所以有所謂「小暑雨如銀，大暑雨如金」的說法。

大暑飲食之道：飲伏茶、晒伏薑、燒伏香，吃仙草、鳳梨

大暑期間，中國民間有飲伏茶、晒伏薑、燒伏香等各種不同的習俗。伏茶是由金銀花、夏枯草、甘草等十多味中草藥煮成的茶水，有清涼祛暑的作用。晒伏薑源自山西、河南等地，三伏天時，人們會把生薑切片，或者榨汁，再與紅糖攪拌在一起，裝入容器中，蒙上紗布，在太陽下晾晒，使其充分融合後食用。

《黃帝內經・素問》中有「春夏養陽」[4]、「長夏勝冬」[5]的說法，就是藉夏天旺盛的陽氣，來克制和驅散冬天的陰寒之邪，緩解、痊癒一些老毛病。例如，生薑能夠促使皮膚的毛孔張開，不但能把體內多餘的熱帶走，同時還把體內的病菌、寒氣一同帶出，這都是民間的養生智慧。

除此之外，在大暑那天，福建莆田人們還有吃荔枝、羊肉和米糟的習俗，叫作「過大暑」，親友之間，常互贈荔枝、羊肉。廣東地區還有「吃仙草」的習俗，仙草又叫涼粉草、仙人草，具有很好的消暑功效。除了以上的食材，臺灣民諺還說：「大暑吃鳳

4《黃帝內經・素問・四氣調神大論》：「春夏養陽，秋冬養陰。以從其根，故與萬物沉浮於生長之門，逆其極，則伐其本，壞其真矣。」（白話文翻譯：春夏之時重視保護陽氣，秋冬之節重視調適陰氣。人要與萬物共同順應四時生長收藏規律，若違反規律，就破壞了生命的根本，摧殘身體。）

5《黃帝內經・素問・金匱真言論》：「所謂得四時之勝者，春勝長夏，長夏勝冬，冬勝夏，夏勝秋，秋勝春，所謂四時之勝也。」（白話文翻譯：一年四個季節，關係是相剋的，如春勝長夏，長夏勝冬，冬勝夏，夏勝秋，秋勝春，每個季節都有克制它的季節，這就是所謂四時相勝。）

梨」，因為這個時節的鳳梨最好吃，加上鳳梨的閩南語發音和「旺來」相近，所以也被用來做為祈求平安吉祥、生意興隆的象徵。

酷暑天氣，容易讓人心煩意亂，產生許多不好的感受，最好的方法是「心靜自然涼」，就像詩人白居易的〈消暑〉詩所說：「**何以消煩暑，端坐一院中。眼前無長物，窗下有清風。散熱由心靜，涼生為室空。此時身自保，難更與人同。**」只要心平氣和地坐在窗臺下，清風便自然而來，涼爽也就由心而生了。

秋

銀燭秋光冷畫屏，
輕羅小扇撲流螢。

立秋
處暑
白露
秋分
寒露
霜降

立秋

一聲梧葉一聲秋，一點芭蕉一點愁

- 時間：陽曆八月七、八或九日。
- 三候：涼風至，白露降，寒蟬鳴。
- 代表詩詞：何處合成愁，離人心上秋。（吳文英〈唐多令・惜別〉）
- 民俗：貼秋膘、晒秋、報秋。
- 代表飲食：吃肉進補。

立了秋，扇子丟！標誌由夏到秋的季節轉換

俗話說：「立了秋，扇子丟」，現在不用問是否把扇子丟了，因為現在連電扇都丟了，都是開冷氣。進入立秋，天氣雖然還是熱的，但其實已經進入一個新的季節。

每年太陽到達黃經一百三十五度的時候，立秋就到了。「立」是開始的意思，「秋」是指莊稼成熟的季節；「立秋」就表示暑去涼來，秋收的季節到了。《月令七十二候集解》說明「立」：「**立春，正月節。立，建始也。五行之氣，往者過，來者續。於此而春木之氣始至，故謂之立也。立夏、秋、冬同。**」意思是：這樣一個更迭的門檻、開始的儀式，四個季節都是相同的，所以，古代天子在四立的時節都會舉行大規模的祭祀。立秋是夏秋之交，是「**五行之氣，往者過，來者續**」的轉換點。

「立」與「秋」的造字原理以及演變過程

「立」字的甲骨文，筆畫很簡單，小篆也相差不遠。《說文解字》解釋「立」：「**立，住也。從大立一之上。**」「大」之前說明過，就像一個長大的人，叉開雙腿、伸開雙臂，站在地平線上，所以「立」本身就是站立之意。後來又引申出建立、設立、確立種種意思。

甲骨文·立

小篆·立

接下來，我們來看「秋」字，這個字其實不太容易找到它最初的樣子。俗語所謂「春去秋來」、「沐春風而思飛揚，臨秋雲而思浩蕩」，「秋」都是指秋天。

甲骨文·秋

甲骨文的「秋」字很複雜，是象形字，維妙維肖地描繪小蟋蟀：頭頂上有兩根觸鬚，下面是兩條粗壯的後腿，背上還有一對又薄又透明的羽翼，呈現蟋蟀振翅鳴叫的樣子。

關於蟋蟀，古代幽州地區有諺語說：「促織鳴，懶婦驚。」（懶惰的媳婦聽見蟋蟀的叫聲，心裡一驚。）這是在說，媳婦聽到蟋蟀一叫，意識到代表天氣馬上就要轉涼了，但自己還沒幫家人準備保暖大衣，所以為之一驚。蟋蟀就像在催促婦人趕快縫製保暖大衣呢！《聊齋志異》[1]裡也有一篇〈促織〉，在寫蟋蟀的故事，促織就是催促人們趕快織布，準備冬衣。

1《聊齋志異》簡稱《聊齋》，俗名《鬼狐傳》，是中國清朝著名小說家蒲松齡創作的文言短篇小說集。

甲骨文·秋

甲骨文的「秋」還有一個寫法，是在象形的蟋蟀下方再加一把火。「火」在蟋蟀底下的原因，是反映古人有焚田殺蟲的習俗。

小篆·秋

後來到了小篆，「秋」字進一步簡化，成為接近現在的樣子。「禾」跟「火」對調，就成為通行今日的「秋」字。「秋」的小篆，具體表達了農民秋天火燒秸稈的現象。「禾」字邊表示禾穀成熟，而「火」，則是代表焚燒秸稈後，再準備下一輪的播種。《說文解字》說：「秋，禾穀熟也。」代表莊稼成熟，萬物都開始要收穫，這個時節就是秋天。因此，「秋」逐漸被用來代表最重要的收穫的季節。

立秋三候：涼風至，白露降，寒蟬鳴

這一個節氣也分成三候。第一候「涼風至」，涼風迎面吹來，天氣出現肅殺之氣，不再是夏天中的熱浪滾滾。這個時候，中國很多地區開始颳偏北風，帶來涼意。

「二候白露降」，因為白天日照強烈，晚上的風跟白天的暑氣碰在一起，晝夜溫差使空氣中的水蒸氣，在室外植物葉子上凝結成薄薄的晶瑩露珠。

到「三候寒蟬鳴」，這時候的蟬食物很充足，溫度舒適，所以是蟬最得意的時候，伏在微風吹動的樹枝上，不停地叫著，像是告訴人們：夏天即將過去了。

在感知上，立秋時暑熱尚未消退，秋陽的肆虐仍然很厲害。所謂「秋老虎」的說法，就是在立秋之後、三伏天的末伏，如同俗話所說的「秋後一伏熱死人」。這種感覺，以前在南方最明顯（近幾年中國北方的天氣也變暖了）。在很多地方，天氣的熱還摻著溼氣，所以按中醫的說法，立秋到秋分這一段日子叫「長夏」，意思是：夏天拖著一個尾巴，拖到了這個時節。

立秋由暑熱開始轉向清涼，因此陽氣收斂、陰氣增長，這個時候是特別重要的調節期，人的飲食起居都應該從放縱到收斂了。就像《黃帝內經．素問》提到「長夏勝冬」、「秋冬養陰」，表示這是養生的季節。傳統的中醫都強調天人和諧，人體是個小宇宙，順應四時的養生，要知道春生夏長，秋收冬藏。要想延年益壽，一定要順應每個節候的變化，不應該任性地違反時節。

立秋習俗：貼秋膘、晒秋、報秋

立秋時節，從古到今、南北各地，有不同風俗。清代在立秋這天，會拿出秤子秤人體重。這是因為苦夏太熱沒胃口，流汗多、睡眠時間少，容易消瘦，所以到立秋的時候秤體重，才可以了解苦夏期間是否消瘦太多，若是瘦了，就得吃肉進補，稱為「貼秋膘」，貼膘的意思是讓人吃胖一些。「瘦」字的部首是病，古時候不認為瘦就是美，反而認為一個人是得了疾病才會瘦。現在中國北方還流傳以肉貼膘的習俗，當然，現代的女人已不願意貼秋膘了。

在南方，像湖南、江西、安徽這些地方，還有晒秋的習俗。每年立秋的時候，農民會在房前屋後，或是自家的窗臺、屋頂上，晒著各種農作物，久而久之，晒秋就變成農耕的慶典，意味著晒著富裕、收成和喜悅。

宋朝在立秋這一天，有報秋的習俗，要把宮裡的梧桐盆栽移到大殿之內，等到立秋時辰一到，太史官高聲稟奏「秋來了」，接著讓梧桐進殿，搬移之際，梧桐葉會掉下幾片葉子，即所謂「一葉知秋，萬葉秋聲」，入秋後，梧桐葉會先落下，表示秋天來了。

立秋詩詞：總是充滿濃濃的憂愁、眷戀

古人在秋天時，會特別描寫落葉，這是秋天獨有的意象。南宋詩人劉翰的〈立秋〉，詩中就描寫秋天的美好境界：「**乳鴉啼散玉屏空，一枕新涼一扇風。睡起秋聲無覓處，滿階梧桐月明中。**」意思是：小烏鴉的叫聲都散盡了，只剩玉色的屏風，空空、寂寞地立在那裡，接著突然之間起風了，習習的秋風送來清爽新涼，就好像床邊有人用絹扇扇風。朦朧間聽到了秋風來到，但起來尋找的時候，卻什麼都找不到，只看到滿階

梧桐葉，融在明朗的月色中。

元代散曲作家徐再思所寫的小令：「**一聲梧葉一聲秋，一點芭蕉一點愁，三更歸夢三更後。落燈花棋未收，嘆新豐孤館人留。枕上十年事，江南二老憂，都到心頭。**」描寫自己聽見了梧桐雨，一聲梧葉代表一聲秋，由此知道秋天來了；接著聽見雨打芭蕉，一點雨打在芭蕉上引起一點愁；半夜三更後，異鄉遊子在半夜夢境中斷；燈芯已經快要滅了，殘局棋還沒有收，人就在小旅館裡，一瞬間內心感到悲涼；「**枕上十年事**」，指夫妻之情；「**江南二老憂**」，是指在心頭惦記著父母。作者想念自己的妻兒、父母，但是人在他鄉。

秋天令人格外思鄉，是因為一年在外奔波，如果到了秋天還沒回家，基本上這一年又見不到親人了。冬天寒冷，交通不便，幾乎沒有人會選擇在風險很大的冬天回鄉，所以秋天是歸來的時節，也是憂傷的時節。「愁」字這樣寫：「**何處合成愁，離人心上秋**」[2]，分離的人心上，壓著朦朧秋色，放不下的惦記牽掛，憂愁便從心底升起。

立秋時節已經到來，你心裡還有什麼樣的眷戀牽掛呢？秋天是一個色彩濃郁繽紛、最為美麗的季節，是一個碩果纍纍、最為豐碩的收穫季節。但秋天也是一個悲涼、肅殺的季節，同時也是詩詞歌賦像碩果一樣蓬勃創作出來的時節。在這個秋天，觀察自己的感受，立秋了，大家開始整理入秋的心情吧。

2 出自宋朝吳文英〈唐多令．惜別〉：何處合成愁，離人心上秋。縱芭蕉、不雨也颼颼。都道晚涼天氣好，有明月、怕登樓。年事夢中休，花空煙水流。燕辭歸、客尚淹留。垂柳不縈裙帶住，漫長是、系行舟。

掃一掃QR Code，聽于丹老師講「立秋」！

處暑

離離暑雲散，裊裊涼風起

- 時間：陽曆八月二十二、二十三或二十四日。
- 三候：鷹乃祭鳥，天地始肅，禾乃登。
- 代表詩詞：處暑無三日，新涼值萬金。（宋朝蘇泂〈長江二首・其一〉）
- 民俗：七月半祭鬼、放河燈、開漁節。
- 代表飲食：銀耳百合蓮子羹、鴨肉。

標誌秋日最後一段回熱天氣的節氣

前幾篇談過小暑和大暑，現在到了處暑，這是二十四節氣中第十四個節氣，也是〈二十四節氣歌〉中「秋處露秋寒霜降」的第二個字，排在立秋之後。此時太陽到達黃經一百五十度，交節的時間點在陽曆的八月二十三日前後，亦即度過了三伏中的末伏，因此民諺說：「七月大暑和小暑，立秋處暑八月間。」

立秋已經過去，天氣逐漸轉涼，但有好多地區，特別在南方，會出現秋老虎的現象。雖然古人說「小暑大暑，上蒸下煮」，可是接著還有一句：「大暑小暑不是暑，立秋處暑正當暑，暑毒賽過虎。」可見處暑其實是秋天最熱的時候。秋老虎指立秋以後有一段很短的回熱天氣，往往就在處暑的尾聲。

「處」的造字原理以及演變過程

「處暑」，先看「暑」字，前面的篇章解釋過是炎熱的意思，所以俗語有「爭秋奪暑」的說法，意思是：在立秋和處暑之間的時段，雖然從季節意義上來看，秋天已經來臨，但實際上，夏天的暑氣還沒完全消退。

金文·處

再來看「處」字。金文的字形，看上去就像頭戴虎皮帽的一個人，在茶几旁邊坐著休息。《說文解字》解釋「處」是：「止也，得几而止。」（在小茶几旁邊停下來。）所以「處」的本義就是停止、止息；後來引申為居住、居處。

至於「處暑」，就是暑熱終止，開始進入秋高氣爽的時節。在《月令七十二候集解》裡就解釋：「七月中，處，止也，暑氣至此而止矣。」《群芳譜》解釋得更具體：「陰氣漸長，暑將伏而潛處也。」可見季候走到這個時候，暑熱已經潛伏，不再像大暑、小暑時那麼肆虐，只剩下餘熱。

處暑三候：鷹乃祭鳥，天地始肅，禾乃登

處暑有三候：「一候鷹乃祭鳥，二候天地始肅，三候禾乃登。」關於「鷹乃祭

鳥」，古人稱鷹為義禽，秋氣肅殺，鷹感覺到殺氣，於是磨利爪子，以明亮的眼睛，開始大肆捕獵鳥類。鷹在吃獵物之前，會像祭祀般把食物陳列開來，所以稱為「祭鳥」。

到第二候「天地始肅」，「肅」是形容天氣「肅殺」，有衰落、萎縮之意。到這個時候，天地萬物由盛夏的蔥蘢蓬勃，開始走向凋零，逐漸有了肅殺之氣，劉禹錫就曾經寫下「**山明水淨夜來霜，數樹深紅出淺黃**」[1]（天地都是清淨的，夜晚開始帶霜，山上的楓樹、黃櫨，交疊著深深淺淺的黃色與紅色。）人們感覺到天地的肅殺之氣，心情是爽朗的，不像春天看著那些擠在一起的花花草草，讓人心裡發狂躁動。在秋意漸濃、天地肅殺的二候，人應該順應自然，開始收斂。

甲骨文·登

「三候禾乃登」的「禾」，泛指黍、稷、稻、粱這些農作物。甲骨文的「登」像兩隻手，捧著食物的器皿在進獻，所以「登」的本義就是進獻。在祭祀的時候，人們用收穫的種種新稻穀來祭祀神靈，所以「登」字就引申出成熟之意，「五穀豐登」就是這樣來的。這時候古人都趕著讓禾穀及時收入倉庫，例如諺語：「處暑滿地黃，家家修廩倉。」廩倉就是米倉、糧倉。還有一個說法是「家家場中打稻忙」（家家戶戶都在忙著打稻子）。

有一句俗話說：「處暑過，暑氣止」，這時來到「秋高氣爽」的時節，天空顯得格外高遠、遼闊，人們呼吸的空氣也彷彿乾爽、明快許多。天空不再像夏天有大朵成塊的濃雲，更多時候，雲彩就像被撕成一絲一縷、薄薄的棉絮片一樣，所以民間說「七月八

1 劉禹錫〈秋詞二首·其二〉：
山明水淨夜來霜，
數樹深紅出淺黃。
試上高樓清入骨，
豈如春色嗾人狂。

月看巧雲」，巧雲就是形容輕盈靈巧、逐漸疏散的樣子。

描寫處暑美景的詩詞，還有白居易寫的〈早秋曲江感懷〉[2]：「**離離暑雲散，裊裊涼風起。池上秋又來，荷花半成子。**」（暑氣消散，涼風吹拂，一池秋水，半是荷花半是蓮子。）描寫得極為生動，這也是古人應時而動，所寫出來的詩篇。

處暑習俗：七月半祭鬼、放河燈、開漁節

處暑節氣前後，民間有一些重要的民俗活動，往往跟祭祖、迎接秋天有關。「中元節」俗稱「七月半」，就是在農曆的這個時候。古時民間從七月初一開始，就有開鬼門的儀式，直到月底關鬼門，所以「七月半」在民間也稱為「鬼節」，很多人家會在中元節的夜晚燒紙。這種濃重的祭祀氛圍會持續一個月，很多地方要搭建祭壇、祭棚。直到今天，在這個時候舉行重大祭祀活動的習慣，還在延續。

七月還有放河燈的習俗。河燈也叫「荷花燈」，在底座上放燈盞或者蠟燭，上面做成荷花或其他樣子，在中元節時點亮，放在江河湖海中，讓它隨波漂流。放河燈有一個說法，是為了普渡落水鬼和其他孤魂野鬼，人間給的這一點明亮、溫暖、牽掛、指引，代表著一份善意；不同於現今小孩子放河燈純粹是覺得好玩。

對漁民來說，處暑也是勞苦收穫的大日子，因此有「開漁節」。此時海域裡面的水

2 白居易〈早秋曲江感懷〉全文：
離離暑雲散，裊裊涼風起。
池上秋又來，荷花半成子。
朱顏易銷歇，白日無窮已。
人壽不如山，年光忽於水。
青蕪與紅蓼，歲歲秋相似。
去歲此悲秋，今秋復來此。

溫仍偏高，尚未完全冷卻，因此魚群還沒游走，都停留在海域。特別是經歷夏季之後，魚蝦貝類發育都很成熟、飽滿，開漁節讓人們享受到很多海鮮。

處暑飲食之道：蘋果、梨、葡萄、銀耳百合蓮子羹、鴨肉

到了這個時節，天氣正好由熱轉涼，自然界蓬勃飽滿的陽氣逐漸收斂，人體的陰陽盛衰也趨於平衡。以前有個說法是「春困秋乏」，意思是：季節轉換的時候，人們要調適自己，白晝短的時候，人的睡眠要充足，這樣才能緩解秋天帶來的疲乏。

飲食方面，處暑的時候天氣乾燥，適合吃潤燥滋陰的食物。少吃辣，多吃酸性的食物，才能增強肝臟功能。像西瓜這種大寒的瓜果，處暑時就不能像夏天吃得那麼多，但是蘋果、梨子，特別是葡萄都能滋陰，而且正好是最甜的時候。

這個時節宜吃清熱、降燥、安神的食物，例如銀耳百合蓮子羹，至今還是家家常做的甜點。中個人還有一個說法：吃鴨子可以涼血，就像北京烤鴨，是請外國朋友或遠方親戚的大餐，在南京則吃鹽水鴨、老鴨煲。各地烹調鴨子的方法五花八門，在秋天這個時候，無疑都是最合適的，所以俗話說：「處暑送鴨，無病各家。」

所謂「**處暑無三日，新涼值萬金**」（宋朝蘇泂〈長江二首・其一〉），就是說暑熱終於

要散盡了，一個燦爛涼爽的金秋如期而至。接著我們馬上要迎來秋天的蕭瑟悲涼，不如一起來念一念劉禹錫的〈秋詞二首・其一〉：「**自古逢秋悲寂寥，我言秋日勝春朝。晴空一鶴排雲上，便引詩情到碧霄。**」（自古以來，騷人墨客都悲歎秋天蕭條、淒涼、空曠，我卻認為秋天遠遠勝過春天。秋日天高氣爽，晴空萬里，一隻仙鶴直沖雲霄推開層雲，激發了我的詩情飛向萬里晴空。）各位的詩情準備好了嗎？

掃一掃QR Code，聽于丹老師講「處暑」！

白露

蒹葭蒼蒼，白露為霜

- 時間：陽曆九月七、八或九日。
- 三候：鴻雁來，玄鳥歸，群鳥養羞。
- 代表詩詞：玉階生白露，夜久侵羅襪（李白〈玉階怨〉）

標誌露水一日比一日凝重的節令

白露是典型的秋季節令，反映了自然界的氣溫變化，是二十四節氣中的第十五個節氣。每年陽曆的九月七日前後，氣溫開始下降，天氣轉涼，早晨的草木上有了露水。《詩經．蒹葭》開篇採用起興的寫作手法，以「白露」這個意象，將整首詩歌籠罩在感傷的意境之中：「**蒹葭蒼蒼，白露為霜。所謂伊人，在水一方。溯洄從之，道阻且長。溯游從之，宛在水中央。**」（蘆葦一片蒼蒼，白露凝結成霜。我思念的那人，就在河水之旁。逆著水流去找，道路險阻漫長；順著水流去找，彷彿就在水中央。）接下來，我們來了解一下白露這個節氣。

《月令七十二候集解》對「白露」的解釋為：「**水土溼氣凝而為露，秋屬金，金色白，白者露之色，而氣始寒也。**」古人以四時配合五行，秋屬於五行中的金，然而取

「白」字來形容秋露，是因為這個時候氣溫下降，地面溫度也降低，造成水氣在地面或者物體表面凝結成小水珠，凝結的露水，經過清晨陽光的反射，看上去就像白色一樣。露水凝聚而顏色呈白色，這也成為其最具代表性的物候特徵，因此就把「白露」定為節氣的名字。也就是說，「白露」二字，分別取白色、露水之義。

「白」與「露」的造字原理以及演變過程

甲骨文·白

甲骨文·白

「白」字的構形一直有爭議，一說為象形字，象拇指之形；一說「白」本義為白米粒；而《說文解字》解釋「白」為「**西方色也**」。按照陰陽五行說，西方屬金，當為白色，中國現代古文字學家商承祚《說文中之古文考》也解釋成白色：「**從日銳頂，象日始出地面，光閃耀如尖銳。天色已白，故曰白也。**」

「白」常用的就是白色這個意思，例如《詩經．小雅．白駒》：「**皎皎白駒，食我場苗。**」白駒就是小白馬。「白」還可引申為明亮，如「**雄雞一唱天下白**」；還可引申為明白、辯白等義，如《楚辭．九章．惜誦》：「**情沉抑而不達兮，又蔽而莫之白也。**」（心情鬱鬱難以傾訴暢達，君王受蒙蔽無法表明忠心。）「白」還有「告訴」的意思，如《古詩為焦仲卿妻作》[1]：「**便可白公姥，及時相遣歸。**」（你現在就可以去稟告婆婆，

1 又名《孔雀東南飛》，是中國文學史上第一部長篇敘事詩。

趁早把我遣送回娘家。）但是「白」與「告」意思有些不一樣，「白」帶著懇切，有剖析、說明的意思，而且「白」是陳述，所以多用於下對上，也用於身份相近的人。

小篆·露

再來看「露」字，古今字形並沒有大的改變，「露」本義指露水，《說文解字》解釋為：「潤澤也，從雨路聲。」這裡解釋成「潤澤」應該是引申義。露水是空氣中的水蒸氣遇冷時，附著在固體上的水珠，古人認為露水出現時天將會降雨，因此部首從雨。此時「露」讀為「ㄌㄨˋ」（音同「路」），「露」是個多音字，還可讀作「ㄌㄡˋ」（音同「漏」），常用於口語中，如「露馬腳」等。

白露三候：鴻雁來，玄鳥歸，群鳥養羞

白露之後，中國大部分地區降水顯著減少，氣溫逐漸轉涼，俗話說：「白露秋分夜，一夜冷一夜。」《禮記·月令》中描述白露的景象是：「（仲秋之月）盲風至，鴻雁來，玄鳥歸，群鳥養羞。」（八月開始颳大風，大雁從北方飛來，燕子向南方飛去，群鳥開始貯藏過冬的食物。）其中，「盲風」也就是疾風，「養」是貯藏，「羞」同「饈」，即食物。

上面描寫的物象變化，在《逸周書·時訓解》中演變成了白露節氣的三候：「白露

之日，鴻雁來；又五日，玄鳥歸；又五日，群鳥養羞。」一候「鴻雁來」，指的是這個時候，北方變冷，候鳥大雁就成群結隊地飛到南方過冬。二候「玄鳥歸」，指燕子也要飛到溫暖的南方。三候「群鳥養羞」，此時，許多鳥類開始儲存食物，以備在寒冷的冬天食用。如果上述的「候應」不能如期而至，《逸周書．時訓解》還發出警告：「鴻雁不來，遠人背叛；玄鳥不歸，家室離散；群鳥不羞，下臣驕慢。」（相應地就會有丈夫背叛、家庭離散、臣子驕縱等事情發生。）

白露古詩詞：總是令人頓生寒意、備感蕭瑟

詩詞也有針對白露三候所描寫的情景，例如白居易〈南湖晚秋〉[2]寫出了白露時節蕭索的湖中景色：「八月白露降，湖中水方老。旦夕秋風多，衰荷半傾倒。」（白露時節到了，湖水在這蕭瑟的天氣中，看來都變老了。秋風吹起，枯掉的大片荷花、荷葉也一一傾倒。）

唐代元稹〈詠廿四氣詩．白露八月節〉也以白露的三候為鋪墊，最後聚焦於農家的收秋：「露沾蔬草白，天氣轉青高。葉下和秋吹，驚看兩鬢毛。養羞因野鳥，為客訝蓬蒿。火急收田種，晨昏莫辭勞。」（凝結在葉片上的露水呈現白色，藍天高遠而雲稀，樹葉在秋風的吹拂下飄落，引發了人們的垂暮之感。百鳥開始貯存乾果、糧食準備過冬了，一年一年過去，我感嘆自己在虛度光陰。田裡各樣農作物次第成熟，農民要不辭辛勞，抓緊秋收了。）

---

2 白居易〈南湖晚秋〉
八月白露降，
湖中水方老。
旦夕秋風多，
衰荷半傾倒。
手攀青楓樹，
足踏黃蘆草。
慘澹老容顏，
冷落秋懷抱。
有兄在淮楚，
有弟在蜀道。
萬里何時來，
煙波白浩浩。

古人的詩文作品中經常連結「白露」、「黑夜」的意象，這是因為秋季早晚溫差變大，露水形成在半夜和清晨，因此詩歌中多寫到白露與夜的互相依靠，既是自然現象的寫實，更是詩人們在這樣的季節中所滲透的感傷。例如，杜甫〈月夜憶舍弟〉：「**戍鼓斷人行，邊秋一雁聲。露從今夜白，月是故鄉明。有弟皆分散，無家問死生。寄書長不達，況乃未休兵。**」（戍樓響過更鼓，路上斷了行人形影，秋天的邊境，傳來孤雁悲切的鳴聲。今日正是白露，忽然想起遠方兄弟，望月懷思，覺得故鄉月兒更圓更明。可憐兄弟各自東西海角天涯，有家若無，是死是生我何處去打聽？平時寄去書信，常常總是無法到達，更何況烽火連天，叛亂還沒有治平。）這首詩是西元七五九年（乾元二年）的秋天，杜甫在秦州所作。這一年九月正值安史之亂，由於戰事阻隔，與親人音信不通，杜甫顛沛流離，備嘗艱辛，既懷家愁，又憂國難，真是感慨萬端。〈月夜憶舍弟〉即是他當時思想感情的真實記錄。詩中寫兄弟因戰亂而離散，杳無音信，他在異鄉的戍鼓聲和孤雁聲中觀賞秋夜月露，只能倍增思鄉與憶弟之情。「**露從今夜白**」，既是寫景，也點明時令，是在白露節的夜晚，清露盈盈，令人寒意頓生。

此外，魏晉時期政治家曹丕《雜詩》中有「**彷徨忽已久，白露沾我裳**」；「建安七子」之一王粲的《七哀詩》中也有「**迅風拂裳袂，白露霑衣襟**」；唐代詩人李白〈玉階怨〉[3]的「**玉階生白露，夜久侵羅襪**」，白居易〈效陶潛體詩十六首〉的「**清光入杯杓，白露生衣巾**」等等，都是引情入境的佳句。

---

3 李白〈玉階怨〉：玉階生白露，夜久侵羅襪。卻下水晶簾，玲瓏望秋月。

秋分

金風送爽，雁字橫秋

- 時間：陽曆九月二十二、二十三或二十四日。
- 三候：雷始收聲，蟄蟲坯戶，水始涸。
- 代表詩詞：今年秋氣早，木落不待黃，蟋蟀當在宇，遽已近我床。（陸游〈秋分後頓淒冷有感〉）
- 民俗：祭月、候南極、豎蛋、送秋牛。
- 代表飲食：紅莧菜、糯米、蜂蜜、梨子、螃蟹。

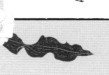

標誌開始晝短夜長的分界點

俗話說「春分秋分，晝夜平分」，在春分或是秋分這天，太陽幾乎直射地球赤道，所以全球各地晝夜等長。每年陽曆九月二十三日前後，當太陽到達黃經一百八十度的時候，就進入秋分，正如古籍《春秋繁露》裡所說：「**秋分者，陰陽相半也，故晝夜均而寒暑平。**」而秋分過後，太陽繼續由赤道向南半球推移，北半球各地開始晝短夜長，也就是說，秋分是中國晝短夜長開始的分界點。

「秋分」的含義有二：第一，指晝夜平分，這是其中一層意思。第二，古代以立春、立夏、立秋、立冬為四季開始的季節劃分方法，立秋是秋季的開始，霜降是秋天的結束，而秋分恰好處於從立秋到霜降九十天的中間點，平分了秋季，這就是秋分節氣的兩層含義。接下來，我們來看看有哪些特點能讓我們察覺到秋分時節的來臨。

秋分三候：雷始收聲，蟄蟲坯戶，水始涸

秋分三候：「一候雷始收聲」，指秋分後陰氣開始旺盛，所以天空不再打雷，因為古人認為雷是由於陽氣盛而發聲。「二候蟄蟲坯（音同「批」）戶」，意思是天氣變冷，蟄居的小蟲開始藏入穴中，並且用細土將洞口封起來，以防寒氣侵入。「三候水始涸」，《禮記》注解：「水本氣之所為，春夏氣至，故長，秋冬氣返，故涸也。」是指秋分時節，降雨逐漸減少，天氣開始變得乾燥，水氣蒸發加快，所以湖泊與河流的水量也變少，導致沼澤、水窪甚至變得乾涸。

凡事都有跡可循，古人強調天人合一，根據對大自然細微變化的觀察，便能清楚知道季節的變遷和節氣的特點。《春秋繁露．陰陽出入上下篇》對秋分時節的特點，就有十分細微的描述：「金風送爽，雁字橫秋。草木染黃，涼蟾光滿。落花聽雨，折桂香遠。石榴滿坼，木樨清露，別有微涼。」寫出了秋分時節，中國北方大部分地區雨季剛結束，涼風習習，晴空萬里，正是秋高氣爽、桂花飄香的時節。

「爽」的造字原理以及演變過程

秋天涼爽的天氣，總是讓人感到舒爽，所謂的「清爽、爽朗、爽快」這些詞語，似

乎都給人一種明朗、利落、痛快的感覺。關於「秋」和「分」字的造字和詞義的歷史演變，之前在〈立秋〉篇（詳見頁八十六）和〈春分〉篇（詳見頁十二）已經說明過，接下來，我們來看「爽」字的造字原理。

甲骨文・爽

「爽」這個字，它的甲骨文像是有一個人正面站立，張開雙臂，腋下有兩團火（也有人說像兩盆火），結合起來看，就表示「明亮」的意思。

金文・爽

小篆・爽

而商代到西周時候的金文，這個人的形狀還在，可是腋下的兩團火卻不那麼具體了，筆畫變得簡單。後來的小篆，基本上就是今日的寫法了。《說文解字》解釋：「**爽，明也**。」亦即「爽」的本義是明亮，例如《孔子家語・五儀》裡用的就是本義：「**昧爽夙興，正其衣冠**。」（天快要亮的時候就起床，把衣帽都穿戴整齊。）後來，「爽」引申出明快、開朗的意思。另一個引申義是「差錯」，例如「屢試不爽」是多次試驗都沒有差錯的意思。這個成語容易令人望文生義，誤解為：試了很多次都覺得不爽快，都不成功。其實只要聯想一下《詩經・衛風・氓》的「**女也不爽，士貳其行**」（我做妻子也沒有差錯，你做丈夫卻太無情）這兩句詩就知道，這裡的「爽」並不是爽快、痛快的意思，而是指差錯，是棄婦控訴丈夫負心拋棄她。

秋分習俗：祭月、候南極、豎蛋、送秋牛

在秋分這一天，民間還有一些流傳至今的習俗，廣為流傳的風俗活動就是祭月了。古時候有「春祭日，秋祭月」這個說法，根據史書記載，早在周朝，古代帝王就有「春分祭日、夏至祭地、秋分祭月、冬至祭天」的習俗。根據考證，最初「祭月節」是定在秋分這一天，不過，由於這一天在農曆八月裡的日子每年都不同，不一定都能看到圓月，而祭月的時候，若沒有月亮或不是圓月，那真是煞風景。所以，後來就將祭月節從秋分日調到中秋了。

除了祭月，秋分日還有候南極、豎蛋、吃秋菜、送秋牛等傳統習俗。今天知道「候南極」的人少之又少，這個習俗要上溯到幾千年以前，司馬遷的《史記．天官書》裡記載：「**南極老人，治安；常以秋分時，候之於南郊。**」南極老人其實就是指南極星，也是傳統神話傳說的南極仙翁。相傳南極仙翁是元始天尊座下大弟子，主要負責凡人的壽元，所以人們也稱他為壽星。古人把南極星的出現看成是祥瑞的象徵，唐代張守節注解《史記》就寫道：「**老人一星，在弧南，一曰南極，為人主占壽命延長之應。常以秋分之曙見於景，……見（現），國長命，故謂之壽昌，天下安寧；不見，人主憂也。**」所以，古代帝王就會在秋分這一天的早晨，率領文武百官到城外南郊迎接南極星。根據天體運行的規律，生活在北半球的人，一年裡只有在秋分以後才能看到南極星，而且南極

星一閃而逝，極難看到，春分過後，就完全看不到了。

和春分一樣，每年秋分來臨之際，很多地方都在這天舉行「豎蛋」的趣味活動。方法是：選擇一個光滑、勻稱、剛生下四到五天的新鮮雞蛋，輕輕地在桌上把它立起來。選擇在春分、秋分這兩天立雞蛋，是因為這兩天雞蛋比較容易立起來，原因之一是：春分和秋分是南北半球晝夜平分的日子，地球地軸與地球繞日公轉的軌道平面，處於力量相對平衡狀態，有利於豎蛋；原因之二是：春分和秋分時值春季和秋季的中間，天氣不冷不熱，身心舒暢，動作俐落，相對平時就更容易成功立蛋了。

至於「送秋牛」的習俗，就是在紙張尺寸為二開的紅紙或黃紙，印上全年的農曆節氣，再印上農夫耕田的圖樣，就稱為「秋牛圖」。送秋牛圖的人，大部分是民間善於說唱的人，他們會挨家挨戶送圖，同時說些和秋耕相關的吉祥話，讓主人開心，主人就會回送賞錢。

秋分飲食：品嘗螃蟹的大好時光！

嶺南地區流行秋分要吃秋菜，「秋菜」是一種野莧菜，鄉間的人稱為「秋碧蒿」（似臺灣的紅莧菜）。在秋分這天，人們喜歡去採摘秋菜，那些嫩綠、細條、如同手掌長短的，就是比較好的秋菜。採回去的秋菜，一般加上魚片來滾湯，稱為「秋湯」。還有順口溜說：「秋湯灌臟，洗滌肝腸。闔家老少，平安健康。」

俗話說「一場秋雨一場寒」，秋分節氣以後，就真正進入到了秋季，天氣愈來愈寒涼，在這種時節應該注意秋季養生，重在益肺潤燥，飲食方面可以多喝水，多吃清潤、溫潤的食物，如糯米、蜂蜜、梨子等，有滋陰潤肺、養陰生津的作用，這也符合「秋冬養陰」的做法。此外，秋季菊香蟹肥，正是人們品嘗螃蟹的大好時光，不過螃蟹是大寒之物，不宜多吃。

一年至秋，人們祈求的都是家宅平安，身體健康。秋風颯爽，金秋逐漸來臨，大家做好準備，踏入秋冬時節吧！

寒露

褭褭涼風動，淒淒寒露零

- 時間：陽曆十月七、八或九日。
- 三候：鴻雁來賓，雀入大水為蛤，菊有黃華。
- 代表詩詞：寒露驚秋晚，朝看菊漸黃。（元稹〈詠廿四氣詩・寒露九月節〉）
- 民俗：登高、賞菊、飲菊花酒、鬥蛐蛐兒。
- 代表飲食：花糕、芝麻、螃蟹、果乾。

標誌涼爽轉向寒冷的節氣

寒露，是二十四節氣中的第十七個節氣，在每年的十月八日或九日，此時太陽到達黃經一百九十五度。《月令七十二候集解》中說：「九月節，露氣寒冷，將凝結也。」古代把露水做為天氣轉涼變冷的徵兆，仲秋白露時，「露凝而白」，而寒露則是形容氣溫比白露更低，地面的露水更冷，快要凝結成霜，可見寒露是一個反映氣候變化特徵的節氣。

如果說「白露」節氣標誌著炎熱向涼爽的過渡，暑氣尚未完全消盡，造成早晨可見露珠晶瑩閃光；那麼「寒露」節氣則是涼爽向寒冷的轉折。正如俗語所說：「寒露寒露，遍地冷露。」民諺有「露水先白而後寒」之說，意為：經過白露節氣後，露水從初秋泛著一絲涼意，轉為深秋透著幾分寒冷的「白露欲霜」。

白居易的〈池上〉描寫了寒露時節的寥落景象：「**裊裊**（音同「鳥」）**涼風動，淒淒寒露零。蘭衰花始白，荷破葉猶青。獨立棲沙鶴，雙飛照水螢。若為寥落境，仍值酒初醒**」可以看出秋風使大地變冷，露珠泛著冷光，蘭、荷等植物也變得殘敗，呈現一片蕭索之景。

「寒」的造字原理以及演變過程

金文·寒

小篆·寒

「寒」的金文字形，從宀從茻從人，「宀」（音同「眠」）表示房屋，「茻」（音同「莽」）表示眾草，整體字形看起來像一個人生活在房屋裡，周圍裹滿了草，表示天氣很冷。

「寒」的小篆字形繼承了金文的寫法，《說文解字》解釋為：「**寒，凍也。從人在宀下，以茻薦覆之，下有仌**（音同「冰」）。」段玉裁《說文解字注》進一步解說：「**凍當作冷。**」因此「寒」的本義表示寒冷，例如《史記·刺客列傳》的「**風蕭蕭兮易水寒**」、《荀子·勸學》的「**冰，水為之而寒於水**」。而「寒」在表示溫度時，常常和「燠、暄」等字相對。

小篆·燠

「燠」的本義是熱、暖，《說文解字》解釋：「**燠，熱在中也。**」《詩經·唐風·無衣》就用此意：「**豈曰無衣？六兮。不如子之衣，安**

且燠兮。」（難道說我沒衣服穿？我穿了六件，但都不如你親手做的那般舒適又溫暖。）《淮南子》也用此意：「**口鼻之於芳臭也，肌膚之於寒燠也，其情一也。**」（口鼻對於香味和臭味的感知，與肌膚對於寒暖的反應，本質都是相同的。）而「暄」字，《廣韻・元韻》[1]解釋為：「暄，暖也。」本義就是溫暖，如常使用的「寒暄」一詞，既可指冷暖，也可指冬夏，用於動詞時，則表示問候起居寒暖。

由於冬季是寒冷的，所以「寒」還可以表示冬季，而在表示季節的時候，「寒」與「暑」相對應，「暑」指夏季的溼熱，也指夏季，這樣的用法很常見，例如《易・繫辭上》中的「**日月運行，一寒一暑**」、《列子・湯問》中的「**寒暑易節，始一反焉**」（冬夏換季，才往返一次）。

至於「露」字，在〈白露〉篇已經詳細說明，它的本義就是露水。

寒露三候：鴻雁來賓，雀入大水為蛤，菊有黃華

隨著寒氣增長，萬物也逐漸蕭索，這是熱與冷交替的季節。寒露時節有三候：「初候鴻雁來賓」，從白露節氣開始，鴻雁南飛，到寒露時應為最後一批，而古人稱先至者為主，後至者為賓，因此稱初候為「鴻雁來賓」。「二候雀入大水為蛤」，傳說雀鳥在深秋感知寒冷後，潛入大海變成蛤蜊，這是因為古人認為蛤蜊的貝殼花紋與雀鳥相似，

1《廣韻》由北宋陳彭年、丘雍編修，是一部按韻編排的字典。

所以以為是雀鳥變的。「三候菊有黃華」，「華」即「花」，草木皆因陽氣而開花，唯獨菊花因陰氣而開花，其姿色正與晚秋之時相應。

唐朝元稹〈詠廿四氣詩．寒露九月節〉就將寒露時節的景象與物候特點融於詩中：「寒露驚秋晚，朝看菊漸黃。千家風掃葉，萬里雁隨陽。化蛤悲群鳥，收田畏早霜。因知松柏志，冬夏色蒼蒼。」

寒露習俗：登高、賞菊、飲菊花酒、鬥蛐蛐兒

俗語說：「吃了寒露飯，單衣漢少見。」寒露之後，露水增多，氣溫更低。此時，中國有些地區會出現霜凍：北方已呈深秋景象，白雲紅葉，偶爾出現早霜；南方也秋意漸濃，蟬噤荷殘。寒露與重陽節相近，因此寒露時節也有登高、賞菊、飲菊花酒等習俗。在華南，人們除了賞菊花，還會吃螃蟹、釣魚。關於釣魚，有個「釣秋邊」的說法，意思是到了寒露，氣溫下降，太陽已經晒不進深水處，魚群便游向水溫較高的淺水區，因此稱為「釣秋邊」。

寒露時節，是北京、杭州等地市民「鬥蛐蛐兒」的高峰期。蛐蛐兒（蟋蟀）也叫促織，一般聽見蟋蟀叫，也就意味著天氣轉涼變寒，因此也有「促織鳴，懶婦驚」的說法。

寒露飲食之道：吃花糕、芝麻，養陰防燥

「寒露」時節還有「吃花糕」的習俗，花糕主要有糙花糕、細花糕等，一般用糯米做成。糙花糕會黏些香菜葉為標誌，中間夾上青果（中國橄欖）、小棗、核桃仁之類的乾果；細花糕有三層或兩層，每層中間都夾有較細的蜜餞乾果，例如蘋果乾、桃子乾、杏桃乾、黑棗之類。

此外，根據「春夏養陽，秋冬養陰」的四時養生理論，寒露這時人們應養陰防燥、潤肺益胃。於是，民間就有了「寒露吃芝麻」的習俗。在北京，與芝麻有關的食品，都成了寒露前後的熱門商品，例如芝麻酥、芝麻綠豆糕、芝麻燒餅等。

寒露農事：小麥、棉花、地瓜的最後採收期

最後，「寒露」也是秋收、秋種、秋管的重要時期，意味著許多農事須加緊進行，否則會影響來年的豐收情況。在北方有「**寒露時節人人忙，種麥摘花打豆場**」的說法，農民忙於播種小麥、採摘棉花、刨紅薯（挖地瓜）等農作的收尾工作，所以就有「寒露種小麥，種一碗，收一斗」、「晚種一天，少收一石」的諺語。

北方產棉地區，也進入最後的棉花採摘期。棉花怕霜凍，因此只要天不下雨，棉農

們就會下田，趕在霜前抓緊時間採摘棉花，以防棉花遭霜打落而影響品質和數量，所以有「寒露不摘棉，霜打莫怨天」的說法。此外，紅薯（地瓜）對霜凍也十分敏感，易因受凍出現薯塊「硬心」現象，導致紅薯減產，所以人們也多在寒露期間收穫完畢。

霜降

月落烏啼霜滿天，江楓漁火對愁眠

・時間：陽曆十月二十三或二十四日。
・三候：豺乃祭獸，草木黃落，蟄蟲咸俯。
・代表詩詞：停車坐愛楓林晚，霜葉紅於二月花。（杜牧〈山行〉）
・民俗：出遊觀景。
・代表飲食：酸性食物、柿子、栗子、蘿蔔、梨、洋蔥。

「**月落烏啼霜滿天，江楓漁火對愁眠。姑蘇城外寒山寺，夜半鐘聲到客船。**」這首膾炙人口的〈楓橋夜泊〉，張繼以倒敘筆法，先寫拂曉時的景象：月落、烏啼、霜滿天、江楓、漁火，以及泊船上一夜未眠的客人，然後追憶昨夜的景色及夜半鐘聲，意境清幽寂遠，詩人旅途中的孤寂憂愁之感，撲面而來。詩中的「霜滿天」，給人一種肅殺淒寒之感，接下來，我們就來了解一下二十四節氣中的「霜降」。

標誌著冷霜首次落下的節氣

霜降節氣，時值每年陽曆的十月二十三日前後，太陽到達黃經兩百一十度。「寒露」後十五天為霜降，因此俗話說：「寒露不算冷，霜降變了天。」所謂「**霜降碧天靜，秋事促西風**」[1]意思是：此時天氣漸冷、初霜出現，是秋季的最後一個節氣，也意

1宋朝葉夢得〈水調歌頭．九月望日與客習射西園余偶病不能射〉：霜降碧天靜，秋事促西風。寒聲隱地，初聽中夜入梧桐。起瞰高城回望，寥落關河千里，一醉與君同。疊鼓鬧清曉，飛騎引雕弓。歲將晚，客爭笑，問衰翁。平生豪氣安在，沉領為誰雄。何似當筵虎士，揮手弦聲響處，雙雁落遙空。老矣真堪愧，回首望雲中。

味著冬天的開始。人們一般把秋季出現的第一次霜稱為早霜或初霜，而把春季出現的最後一次霜稱為晚霜或終霜。從終霜到初霜的間隔時期，就是無霜期。

霜，其實是靠近地表的氣溫降到攝氏零度以下時，水氣附著在地面上或靠近地面的物體上，而凝結成的白色晶體，很容易形成「枯草霜花白」的景象，所以有「霜降殺百草」一說。

古人認為「霜」是由露凝結而成，因此《月令七十二候集解》中說：「九月中，氣肅而凝，露結為霜矣。」此外，初霜也被稱為菊花霜，因為此時菊花盛開。北宋大文學家蘇軾這樣描寫霜降時節：「千林掃作一番黃，只有芙蓉獨自芳。」[2]（秋季葉落林枯，一樹樹菊花盛放，芙蓉也一朵兩朵零星地迎霜發出芳香。）

「霜」與「降」的造字原理

小篆・霜

「霜」是形聲字，從雨相聲，《說文解字》解釋為：「霜，喪也。成物者。」（霜能使萬物衰敗，也能成就萬物。）段玉裁《說文解字注》進一步說明：「霜降而收縮萬物。」霜降時節，氣溫下降，植物逐漸凋零，候鳥南飛，冬眠的動物也在為安然過冬做準備。另一面，張舜徽《說文解字約注》說明了霜能成就萬物的原因：「夫春生夏長，至秋而收。古人論及歲功，至秋而止，要皆以農

2 蘇軾〈和陳述古拒霜花〉：
千林掃作一番黃，
只有芙蓉獨自芳。
喚作拒霜知未稱，
細思卻是最宜霜。

事為準……喪與成，似相反而實相成」。

再來看「降」字。「降」的甲骨文其中一邊為「阜」，葉玉森《文字編》對「阜」的解釋是「象土山高峭」，本義是有臺階的山坡；「降」的另一邊，是一前一後的兩隻腳，腳趾所指的方向是向下，即下山的方向，因此「降」的本義，是從高山上走下來，意指下山。

甲骨文．降

小篆．降

「降」的小篆，左邊為「阜」，而右邊的「夅」應該是從甲骨文字形中的兩隻腳訛誤變化而來，《說文解字》解釋「降」為「下也」，是其本義的引申義，《荀子．議兵》中的「降」就是引申義「下」：「若時雨之降，莫不說（悅）喜。」（如同下了一場及時雨，沒有一個人不高興。）因此，霜降時節，古人認為是天氣漸冷、開始降霜的意思。

霜降三候：豺乃祭獸，草木黃落，蟄蟲咸俯

唐朝元稹〈詠廿四氣詩．霜降九月中〉一詩描寫了霜降時節的物候：「風卷清雲盡，空天萬里霜。野豺先祭月，仙菊遇重陽。秋色悲疏木，鴻鳴憶故鄉。誰知一樽酒，能使百秋亡。」詩中描寫了霜降時節雲盡天高、木落雁飛的景象，也寫到了「豺祭獸」的典故。霜降的三候如下：「一候豺乃祭獸」，所謂豺狼殺獸而陳之，宛若祭祀。意思

是：豺狼會將捕獲的獵物先陳列再食用，就像祭祀一樣。「二候草木黃落」，是指大地的樹葉枯黃掉落，就如同陸游描寫霜降將至的景象：「**草木初黃落，風雲屢闔開。**」[3]「三候蟄蟲咸俯」，蟄蟲就是藏在泥土中過冬的昆蟲，霜降之後，蟄蟲也全部藏進洞中，不動不食，進入冬眠，正如黃庭堅在〈謫居黔南十首·其二〉中所描寫的：「**霜降水反壑，風落木歸山。冉冉歲華晚，昆蟲皆閉關。**」

關於霜降的成語，有「鴻飛霜降」，這是說鴻雁為候鳥，每年深秋飛回家鄉，剛好那個時候開始霜降，用以指時序的變化和年歲的更換。清朝蒲松齡〈與張歷友書〉中就有：「**鴻飛霜降，不知幾度，雲樹之思，無日忘之。**」

霜降飲食之道：攝取酸性食物如檸檬、山楂，以收斂肺氣

飲食養生方面，霜降時節適宜進補，民間有諺語：「補冬不如補霜降」，強調霜降進補的重要性。中醫養生學提出「四季五補」：春要升補、夏要清補、長夏要淡補、秋要平補、冬要溫補。《素問·臟氣法時論》則建議：「**肺主秋……肺欲收，急食酸以收之，用酸補之，辛瀉之。**」（酸味收斂肺氣，辛味發散肺氣，秋季宜收不宜散。）因此，應少吃一些辛辣的食物，如薑、蔥、蒜、辣椒等，多吃蘋果、石榴、葡萄、芒果、楊桃、檸檬、山楂等。

---

3 陸游〈霜降前四日頗寒〉：
草木初黃落，
風雲屢闔開。
兒童鋤麥罷，
鄰里賽神回。
鷹擊喜霜近，
鸛鳴知雨來。
盛衰君勿嘆，
已有復燃灰。

此外，霜降時節還適合吃柿子、栗子、蘿蔔、梨、洋蔥等。有些地方甚至有霜降吃柿子的習俗，認為「霜降吃柿子，冬天不感冒」。柿子一般是在霜降前後完全成熟，元好問〈懷益之兄〉中就有「**春雨蔬成圃，秋霜柿滿林**」的描寫。

最後，這一時節還是出遊觀景的好時機。霜降過後，楓樹、黃櫨等樹木經歷秋霜，開始漫山遍野地變成紅黃色，如火似錦，非常壯觀，難怪杜牧會有「**停車坐愛楓林晚，霜葉紅於二月花**」[4]的感慨。

---

4 杜牧〈山行〉：
遠上寒山石徑斜，
白雲深處有人家。
停車坐愛楓林晚，
霜葉紅於二月花。

冬

晚來天欲雪，
能飲一杯無。

立冬

小雪

大雪

冬至

小寒

大寒

立冬

落水荷塘滿眼枯，西風漸作北風呼

・時間：陽曆十一月七或八日。
・三候：水始冰，地始凍，雉入大水為蜃。
・代表詩詞：小春此去無多日，何處梅花一綻香。（仇遠〈立冬即事二首〉）
・民俗：迎冬、賀冬。
・代表飲食：牛羊肉、烏雞、鯽魚。

標誌著由秋到冬的季節轉換

立冬與立春、立夏、立秋合稱「四立」，都表示新季節的開始。進入農曆十月之後，立冬就到了，此時西風漸緊，蕭瑟的景象讓宋朝詩人紫金霜寫出〈立冬〉一詩「**落水荷塘滿眼枯，西風漸作北風呼。**」[1]。

「冬」的造字原理以及演變過程

立冬做為冬季的第一個節氣，一般在陽曆十一月七日或八日，此時太陽位於黃經兩百二十五度。《月令七十二候集解》這樣解釋立冬：「**立，建始也。冬，終也，萬物收藏也。**」「立」表示建立、初始之義，「冬」是終了的意思，表示古代民間習慣，以立

1 紫金霜〈立冬〉：落水荷塘滿眼枯，西風漸作北風呼。黃楊倔強尤一色，白樺優柔以半疏。門盡冷霜能醒骨，窗臨殘照好讀書。擬約三九吟梅雪，還借自家小火爐。

冬為冬季的開端，「萬物收藏」則表示秋季作物全部收晒完畢，收藏入庫，動物也已躲藏，準備冬眠。

《說文解字》對「冬」的解釋為：「**冬，四時盡也。從仌**（音同「冰」）**從夂**（音同「終」）。」在這裡，「冬」表示四季中的最後一個季節。「夂」是「終」的古文，「仌」古時候同「冰」。「冬」字中加「仌」，表示冬季寒冷的特點。

小篆·冬

由於立冬是冬季的開始，所以古人常在此時用占卜來看冬天的冷暖，例如「立冬晴，一冬凌；立冬陰，一冬溫」（立冬那天如果是晴天，那麼冬天就很寒冷；如果是陰天，那麼冬天就較溫暖）。

立冬三候：水始冰，地始凍，雉入大水為蜃

古時人們將立冬分為三候：「一候水始冰，二候地始凍，三候雉入大水為蜃。」「一候水始冰」，亦即水已經能結成冰；「二候地始凍」，土地也開始凍結；「三候雉入大水為蜃」，「雉」指野雞一類的大鳥，「蜃」是形聲字，本義指大蛤，《說文解字》解釋為：「**雉入海化為蜃。**」意思是：立冬後，野雞一類的大鳥便不多見了，而海

邊卻可以看到外殼與野雞的線條及顏色相似的大蛤，因而古人就認為雉變成了大蛤。

唐代詩人元稹，將立冬三候巧妙融入〈詠廿四氣詩・立冬十月節〉詩中：「霜降向人寒，輕冰淥水漫。蟾[2]將纖影出，雁帶幾行殘。田種收藏了，衣裘製造看。野雞投水日，化蜃不將難。」前幾句寫天寒水凍，霜降冰結，月影纖瘦、雁往南飛，農作物已經收成，禦寒衣物也已製成，後兩句則是化用了立冬第三候。

立冬習俗：迎冬、賀冬

古時候，立冬這天還有「迎冬」與「賀冬」的習俗。關於「迎冬」，《說文解字》解釋：「迎，逢也。」《方言》卷一記載：「逢、逆，迎也。自關而東曰逆，自關而西或曰迎，或曰逢。」（逢、逆，都是迎接的意思；同一個動作在關東稱為逆，在關西則稱為迎或逢。）因此「迎」的本義就是迎接。至於「迎冬」習俗相關記載，《禮記・月令》提到：「孟冬之月，以立冬前三日，太史謁於天子曰：『某日立冬，盛德在水。』天子乃齋。立冬之日，親率公卿大夫，以迎冬於北郊。』」《呂氏春秋・孟冬》也有記載：「立冬之日，天子親率三公九卿大夫以迎冬於北郊。還，乃賞死事，恤孤寡。」高誘注釋：「先人有死王事以安邊社稷者，賞其子孫；有孤寡者，矜恤之。」《後漢書・祭祀志》中也提到：「立冬之日，迎冬於北郊，祭黑帝玄冥，車旗服飾皆黑。」由此可見，

2 傳說月中有蟾蜍，故「蟾」即為月的代稱，〈古詩十九首之十七〉就有：「三五明月滿，四五蟾兔缺。」「蟾兔」即代指月亮。

古人以冬與五方之北、五色之黑相配，因此在立冬這天，天子率領百官出北郊祭祀黑帝，迎接冬日的到來。祭祀之後，皇帝會賞賜為了安定邊疆而征戰犧牲的勇士之子孫，撫卹孤兒寡婦等窮苦之人。

再來說明「賀冬」。賀冬也叫拜冬，《說文解字》解釋：「**賀，以禮相奉慶也。**」東漢時期，賀冬習俗已經興起，東漢崔寔《四民月令》記載：「**冬至之日進酒肴，賀謁君師耆老，一如正日。**」（冬至這天，人們飲美酒食佳肴，攜禮拜見前輩尊長。）到了宋代，朝廷朝會慶賀，店家休業，人們更換新衣，慶賀往來，如同年節，更為隆重。

雖然立冬已是「萬物收藏」，但是許多農事活動並未停止，從民間流行的農事諺語便可看出，例如「立冬之日起大霧，冬水田裡點蘿蔔」、「立冬種豌豆，一升還一斗」、「立冬天氣冷，翻地不能停」等，特別是冬小麥要及時搶時機播種。

立冬飲食之道：食用熱量高的肉類，以熱性治寒

在飲食養生方面，民間諺語有「立冬補冬，補嘴空」，勞動了近一年的人們，立冬這一天要犒賞家人一年來的辛苦。冬季也是進補的好時機，歷來有「三九補一冬（冬至後的第九天、十八天、二十七天），來年無病痛」的說法。傳統中醫理論認為：「冬氣寒，宜食黍以熱性治其寒。」建議冬季應少吃生冷食物，適合食用一些滋陰潛陽、熱量較高

的膳食，如牛羊肉、烏雞、鯽魚，多飲豆漿、牛奶，同時也要多吃新鮮蔬菜，如蘿蔔、青菜、豆腐、木耳、銀杏果等。

自古立冬多詩情，在秋收冬藏、時節轉換之時，最易觸動人的情思，引起對生命意義的感發。如宋末元初的仇遠在〈立冬即事二首〉中寫道：「**細雨生寒未有霜，庭前木葉半青黃。小春此去無多日，何處梅花一綻香。**」（小雨帶來寒意，但還沒冷到結霜，房子前面的樹，葉子已經一半綠、一半黃了。寒冬中聞到梅花飄香，讓人似乎嗅到了春意。）立冬節氣到來，意味著陽氣潛藏，陰氣盛極，草木凋零，蟄蟲伏藏，萬物活動趨向休止，以冬眠狀態養精蓄銳，為來春生機勃發做準備。所以，詩人因景生情，內心升起一番感慨。

小雪

迎冬小雪至，應節晚虹藏

・時間：陽曆十一月二十一、二十二或二十三日。
・三候：虹藏不見，天氣上升地氣下降，閉塞而成冬。
・代表詩詞：晚來天欲雪，能飲一杯無？（白居易〈問劉十九〉）
・民俗：醃寒菜、製作臘肉、釀小雪酒。
・代表飲食：寒菜、小雪酒。

標誌開始降下小雪的時節

魯迅先生曾經細緻地描寫過江南雪景的柔美和北方雪景的壯美，他說：「江南的雪，可是滋潤美豔之至了；那是還在隱約著的青春的消息，是極壯健的處子的皮膚。……但是，朔方（北方）的雪花在紛飛之後，卻永遠如粉，如沙，它們決不粘連，撒在屋上，地上，枯草上，就是這樣。」立冬過後，天氣一天比一天冷，氣溫逐漸跌破攝氏零度，有的地方已經開始降雪，迎接小雪節氣。

每年陽曆十一月二十二日前後，當太陽到達黃經兩百四十度的時候，就進入小雪，北方開始降雪，但是雪量不大，所以才稱為小雪，正如《月令七十二候集解》所說：**「十月中，雨下而為寒氣所薄，故凝而為雪。小者未盛之辭。」**《群芳譜》中也說：**「小雪氣寒而將雪矣，地寒未甚而雪未大也。」**魯迅先生則說**「雪是雨的精魂」**。

雪，其實是水在空中凝結、再落下的自然現象，西漢時的《韓詩外傳》就提到雪的形態：「**凡草木之花多五出，雪花獨六出。**」意思是：雪在自然萬物中形態很特別，是六角形的冰晶，像花朵一樣好看，所以也叫雪花。

雪與花的微妙關係，詩人常用景物聯想呈現，例如唐代詩人韓愈寫道：「**新年都未有芳華，二月初驚見草芽。白雪卻嫌春色晚，故穿庭樹作飛花。**」（白雪似乎嫌棄春天的腳步太慢了，春色來得太遲了，竟然紛紛揚揚，像飄落的花瓣一樣穿過庭院中樹枝，自己裝點出一派春色來。）而英國浪漫主義詩人雪萊的〈西風頌〉則寫：「冬天來了，春天還會遠嗎？」眼前雖是嚴冬的冰天雪地，但是，人的思緒、情感卻可以突破時空，彷彿預見了春天一派生意盎然的景象。

「冰」的造字原理以及演變過程

金文‧冰

所謂冰天雪地、冰雪消融、吃冰棍、吃雪條，冰和雪的不同之處，得從字形來看。「冰」的金文像今天的冰塊，左邊是「水」，右邊有兩塊凍結的冰塊。其實，「冰」的古字寫作「仌」，《說文解字》解釋：「**仌，凍也。象水凝之形。**」段玉裁注解說：「**象水初凝之文理也。**」（這字形就像水剛剛凍結、凝結成冰時候的紋理。）也有人說「仌」像是冰花的簡易畫法。

金文．仌

小篆．仌

後來「仌」寫成「冰」，是因為古時候「仌」這個字形，容易和其他字互相混淆，所以人們就借用「冰」來表示「仌」了。

小篆．冰

接著，我們來看「冰」的小篆。左邊自然是「仌」，右邊是「水」，《說文解字》解釋：「**冰，水堅也。從仌從水。**」所以，「冰」的本義是水凝結成堅冰，是動詞，例如《禮記．月令》裡的「冰」就表示凝結、凝固：「**孟冬之月，水始冰；仲冬之月，冰益壯；季冬之月，冰方盛……**」；又例如《公羊傳．成公十六年》：「**春王正月，雨，木冰。**」其中「木冰」就是指樹上結了一層冰。後來，「冰」名詞化之後，才開始表示水在零度以下凝結而成的固體，像是西晉詩人陸機的〈苦寒行〉：「**凝冰結重澗，積雪被長巒。**」這裡的「凝冰」就是指凍結之冰。這樣一來，「仌」和「冰」的用法就合而為一了。

冰是透明無色、光滑的，所以常常用來比喻人的心地純淨忠貞、清廉正直。例如王昌齡〈芙蓉樓送辛漸〉用兩句詩表明心志：「**洛陽親友如相問，一片冰心在玉壺。**」[1]（要是洛陽的親朋好友詢問我的近況，請告訴他們，我的心依然像玉壺裡的冰一般純潔，未受功名利祿的玷污。）而雪，是由天上的水氣和塵埃結合而成，有花一樣的形狀，所以產生「雪花」一詞；它又是白色的，所以也用「雪白」來形容。

1 王昌齡〈芙蓉樓送辛漸〉：寒雨連江夜入吳，平明送客楚山孤。洛陽親友如相問，一片冰心在玉壺。

小雪三候：虹藏不見，天氣上升地氣下降，閉塞而成冬

回到小雪節氣。除了天氣寒冷、開始下起小雪這個時節特徵以外，還可以從物候來觀察節氣的到來和演進。小雪分為三候：「一候虹藏不見，二候天氣上升地氣下降，三候閉塞而成冬」。一候，彩虹是雨後空氣中含有無數水滴，折射太陽光形成的，小雪這時候雨季已經過去，飄下的只有雪花，彩虹自然不會再出現，所以唐代徐敞寫下：「**迎冬小雪至，應節晚虹藏。**」[2]二候，天氣上升、地氣下降，三候閉塞而成冬，意思是：這時候由於天空中的陽氣上升，土地中的陰氣下降，導致陰陽不交、天地不通，天地閉塞，轉入嚴寒的冬天，接著河流結冰，莊稼不長，萬物失去了生機。

小雪習俗：醃寒菜、製作臘肉、釀小雪酒

小雪過後，天寒地凍、冰天雪地，動物要蟄伏起來冬眠，人們也要儲備糧食、蔬菜來過冬。華東江浙一帶，會在小雪時節醃寒菜，清代厲惕齋在〈真州竹枝詞引〉中曾描述此情景：「**小雪後，人家醃菜，曰『寒菜』。**」除此之外，人們還會把糯米炒熟儲存起來，以供寒冬時泡開水吃。小雪後氣溫迅速下降，天氣變得乾燥，是加工臘肉的好時期，所以一些農家也開始製作香腸、臘肉，等到春節時，正好拿出來享用。而在北

2 唐朝徐敞〈虹藏不見〉：
迎冬小雪至，
應節晚虹藏。
玉氣徒成象，
星精不散光。
美人初比色，
飛鳥罷呈祥。
石澗收晴影，
天津失彩梁。
霏霏空暮雨，
杳杳映殘陽。
舒捲應時令，
因知聖歷長。

方，小雪時節，一般家庭會吃涮羊肉。也有人小雪日開始釀酒，稱之為「小雪酒」。

小雪飲食之道：多吃腰果、山藥、栗子以益腎

小雪天一到，就提醒著人們該禦寒保暖。這段期間可以適當減少戶外活動，避免消耗陽氣，因為天氣寒冷時，人體容易患呼吸系統疾病，例如上呼吸道感染、支氣管炎等等，尤其是小孩子，在這個氣候變化明顯的季節，一不注意穿衣保暖，就容易引起流感和支氣管炎。這個時節可以遵循「薄衣法」，也就是慢慢加衣，不要一下子穿得太厚太臃腫，注意保暖的同時，也不能穿多了冒汗，否則毛細孔大開，容易引風邪寒氣侵入人體。除了禦寒保暖，增加人體的熱量也非常必要，宜吃溫補的食物，比如羊肉、牛肉、雞肉等等，也可以多吃些益腎的食物，比如腰果、山藥、栗子、白果等等。

最後，小雪時節常常陰冷晦暗，容易讓人悶悶不樂，這時候不妨出門看看雪、聽聽音樂，假如沒有雪景，也可以吟誦幾首古人賞雪的詩歌，過一個詩情畫意的冬天，讓心情愉悅。白居易的〈問劉十九〉，就在寒天雪地裡洋溢著熱烈歡快、溫馨熾熱的氣氛：「綠蟻新醅酒，紅泥小火爐。晚來天欲雪，能飲一杯無？」小雪時節邀三兩好友相聚暢飲，秉燭夜話，談天說地，也是人生一大樂事。

大雪

忽如一夜春風來，千樹萬樹梨花開

- 時間：陽曆十二月六、七或八日。
- 三候：鶡鴠不鳴，虎始交，荔挺出。
- 代表詩詞：北風捲地白草折，胡天八月即飛雪。（岑參〈白雪歌送武判官歸京〉）
- 民俗：大雪醃肉、觀河捕魚、冬令進補。
- 代表飲食：薑棗湯、橘子。

標誌著雪量極大的時節

俗話說：「小雪封山，大雪封河。」小雪時節過後，便迎來了大雪。大雪是二十四節氣中的第二十一個節氣，也是入冬之後的第三個節氣，標誌著仲冬時節正式到來。雖然名為「大雪」，未必會下很大的雪，像在南方甚至見不到雪的蹤跡。

毛澤東有名的〈沁園春．雪〉裡的詞句，寫的正是北國壯闊的雪景：「**北國風光，千里冰封，萬里雪飄。望長城內外，惟餘莽莽；大河上下，頓失滔滔。山舞銀蛇，原馳蠟象，欲與天公試比高。**」（這是北方的風光：千里萬里都是冰天雪地，雪花紛飛。長城內外只剩下無邊無際白茫茫的一片。寬廣的黃河上下，頓時失去了滔滔水勢。山嶺好像銀白色的蟒蛇在飛舞，高原上的丘陵好像許多白象在奔跑，它們都想與老天爺比高。）對北方而言，大雪節氣一到，就意味著寒冬的到來，雪花飄飛的季節又到了。《禮記．月令》這樣解釋大雪：

「十一月節，**大者盛也，至此而雪盛也。**」大雪，顧名思義，就是雪量大，也就是古人說的「**大者，盛也**」，到了這個節氣，雪往往下得很大，所及範圍也廣。

「雪」的造字原理以及演變過程

「雪」的甲骨文，上半部是雨，「一」指天，「冂」指雲，水零零落落、徐徐從雲中降下，就是雨。下半部是「彗」字，有一說是指大雪像柳絮、羽毛、鵝毛，《世說新語》中就形容「**白雪紛紛何所似，未若柳絮因風起**」。

甲骨文・雪

金文・雪

小篆・雪

從西周晚期的金文來看「雪」更清楚，上半部是雨，下半部是彗。《說文解字》解釋：「**凝雨，說物者。從雨彗聲。**」意指雪是凝結的雨，段玉裁注解「說物者」：「**說，今之悅字。物無不喜雪者。**」意思是：「說」是「悅」的通假字，指雪能給人們帶來喜悅。舉例來說，對小孩而言，堆雪人、打雪仗，是玩耍的樂趣；對農民來說，「瑞雪兆豐年」、「冬天麥蓋三層被，來年枕著饅頭睡」是收成豐厚的希望；對於詩人來講，雪花紛紛落下，大地一夜之間變了顏色，帶來詩情的湧動。以上這些就稱為「悅物」，指「雪」是帶來喜悅之物。

大雪古詩詞：北風捲地白草折，胡天八月即飛雪

自古以來，雪似乎都頗受詩人們歡迎。詩人在詩歌中，借雪花來抒情，有喜有悲，全憑作詩當時的心情，例如《詩經．小雅．采薇》：「**昔我往矣，楊柳依依。今我來思，雨雪霏霏。**」（壯士當年離家出征時，還是楊柳春風，如今終於歸來，卻已是大雪紛飛的寒冬。）短短十六個字，蘊藏豐富的情思、哲思，讓我們能從中體會到生命的流逝。又如唐朝邊塞詩人岑參〈白雪歌送武判官歸京〉：「**北風捲地白草折，胡天八月即飛雪。忽如一夜春風來，千樹萬樹梨花開。**」（北風席捲大地、吹折了白草，八月胡地就紛揚落雪。大地宛如一夜春風忽然吹來，就像千樹萬樹梨花盛開。）岑參寫出北國突降大雪時的情景，比喻尤其新穎貼切，非常具體描繪出北國的雪景，詩作不僅有強烈的視覺衝擊，也彷彿給寒冷的冬天蒙上了一層暖暖的春意。

「囊螢映雪」也是很有名的大雪典故：晉代的孫康聰明好學，卻家境貧寒，買不起燈油。有一天，孫康半夜從睡夢中醒來，發現窗縫透進一絲亮光，那是大雪映出來的光。他發現可以利用它來看書，於是倦意頓失，立即穿好衣服，取出書籍，走到屋外。寬闊的大地上映出的雪光比屋裡亮，因此孫康不顧寒冷，立即看起書來。當手腳凍僵，就起身走動暖身。此後，每逢有雪的晚上，他都不放過這個好機會，孜孜不倦地讀書。這種苦學的精神，促使他的學識突飛猛進，成為飽學之士，後來還當上了御史大夫。

大雪三候：鶡鴠不鳴，虎始交，荔挺出

除了感性的體會之外，古人對大雪節氣也有理性的認識，將大雪分為：「一候鶡鴠不鳴，二候虎始交，三候荔挺出。」春秋時期師曠所著的鳥類志《禽經》裡，記載鶡鴠：「鶡，毅鳥也。似雉[1]而大，有毛角，鬥死方休，古人取為勇士，冠名可知矣。」宋代陸佃《埤雅》也記載：「黃黑色，故名為鶡。據此，本陽鳥，感六陰之極不鳴矣。」（鶡鴠是一種陽鳥，在大雪節氣到來時，感到陰氣漸長，嚴寒將至，便停止了鳴叫。）鶡鴠為人們帶來報寒的信號，所以又稱為「寒號鳥」。

「二候虎始交」，古人認為老虎這種猛獸可以避邪魅，在大雪之際，老虎靈敏地感受到微微的陽氣，因此開始求偶交配。**大自然的規律是物極必反，盛極而衰，所以大雪雖然是陰氣最盛的時候，也是陽氣有所萌動之時。**

「三候荔挺出」，《說文解字》記載：「荔似蒲而小，根可為刷。」這裡的「荔」不是指荔枝，是指一種蘭草「荔挺」，這種草同樣因為感到陽氣的萌動，而抽出新芽。

大雪習俗：大雪醃肉、觀河捕魚、冬令進補

大雪時節到來時，不同地方有不同的習俗，其中之一就是「大雪醃肉」。俗話說：

1 雉俗稱野雞，毛色五彩斑斕，尤其雄性色彩豔麗，尾巴細長。

「小雪醃菜，大雪醃肉」、「未曾過年，先肥屋簷」，說的就是大雪節氣一到，家家戶戶都忙著醃製肉食，在門口、窗臺上都掛滿了醃肉、香腸等各種臘味。

大雪醃肉的習俗由來，和鞭炮的來歷很相似，都與民間神話傳說中的年獸有關。「年」在古代被視為長著尖角（犄角）的凶猛怪獸，長年深居海底，但每到除夕，就會上岸來傷人。人們為了躲避禍害，足不出戶，於是想出將肉食醃製保存的方法。

大雪另外還有一個習俗是觀河捕魚。大雪時節，北國風光是「千里冰封，萬里雪飄」，由於氣溫愈來愈低，很多河流逐漸冰封凍結，人們可以在岸上欣賞河流冰封的壯闊風光。而在南方，雖然已到大雪時節，卻難以見到雪的蹤影。此時是捕獲烏魚的好時機，從小雪開始，烏魚群慢慢地進入臺灣海峽，到了大雪，因為天氣愈來愈冷，烏魚群沿水溫線向南洄游，匯集的烏魚也就愈來愈多，整個臺灣西部沿海都可以捕獲烏魚，產量令漁民非常欣喜。

大雪也是「進補」的好時節，素來有「冬天進補，開春打虎」的說法。冬令進補能提高人體的免疫功能，有助於旺盛體內陽氣，促進新陳代謝，緩解畏寒等老毛病。俗話說「三九補一冬，來年無病痛」，正是說這個時節適宜溫補助陽、養陰益精，可以多喝薑棗湯抗寒禦寒，適量吃些橘子消痰止咳。

冬至

邯鄲驛里逢冬至，抱膝燈前影伴身

- 時間：陽曆十二月二十一、二十二或二十三日。
- 三候：蚯蚓結，麋角解，水泉動。
- 代表詩詞：冬日烈烈，飄風發發。（《詩經・小雅・四月》）
- 民俗：包餃子、吃驅寒嬌耳湯。
- 代表飲食：羊肉餃子。

標誌北半球全年黑夜最長的節氣

俗話說「冬至大過年」，反映出冬至是一個特別重要的傳統節日。冬至一般是在農曆十一月中旬，也就是陽曆的十二月二十二日或二十三日前後。這一天，太陽正好照在南回歸線上，是北半球白天最短、夜晚最長的一天。接下來白天愈來愈長，因此流傳一句話：「**吃了冬至飯，一天長一線。**」

「冬」與「至」的造字原理以及演變過程

甲骨文・冬

我們先來看「冬至」的「冬」。「冬」的甲骨文字形很簡單，是一條繩子兩端打結，本義是終結。郭沫若先生在《金文叢考》[1]指出：金文的

1《金文叢考》，郭沫若於一九三二年撰，是一部銅器銘文研究著作。

「冬」其實都是通假用為「終」。在古文中，「冬」表示「終結」非常常見，例如馬王堆漢墓帛書《老子》：「飄風不冬朝，暴雨不冬日。」（狂風不會連續颳一個早晨，暴雨也不會持續下一整天。）

小篆．冬

小篆階段，「冬」在結構上發生了變化。《說文解字》解釋「冬」：「四時盡也，從仌從夊。」「夊」代表四季到了最後一個結繩、祭祀終了的季節；底下的「仌」其實代表碎冰，《說文解字》解釋「仌」：「凍也，象水凝之形。」表示水凝成冰的形狀，因此「冬」開始表示季節的「冬天」，例如《詩經．小雅．四月》：「冬日烈烈，飄風發發。」[2]以及《詩經．邶風．谷風》：「我有旨蓄，亦以禦冬。」（我儲備了特別豐富、鮮美的食物，準備用來抵禦寒冬。）

甲骨文．至

接下來，我們再看「至」字，甲骨文字形像遠方射過來的箭，箭頭戳在地上，表示到達的意思，「至」本義就是到達、到來。因此，冬至就是冬天的高峰、冬天的極致、到達了冬天的頂點。

節令地位：古代全年第二重要節日，僅次春節

〈二十四節氣歌〉最後一句是「冬雪雪冬小大寒」，第一個「冬」指的便是立冬，

2「烈」通假凜冽的「冽」，形容特別寒冷；「發發」是形容冬天的風嗖嗖急速吹過之聲。

立冬過後，冬季便開始了；過了小雪、大雪，然後是冬至。但是在古代，冬至反而是計算二十四節氣的起點，它也是非常重要的節日，所以才有「冬至大如年」的說法。冬至，一般被稱為「亞節」，意指僅次於春節的重要節日，也稱為「消寒節」、「一陽節」，意思是萬眾期待的陽氣，會在此時節後慢慢升騰而起。

從周朝起，古籍就有記載「天子率三公九卿迎歲」，在立春、立夏、立秋、立冬，天子都要率眾臣舉行祭祀。這反映出古人對大自然特別懷有敬畏之心，不敢辜負天時，更不敢耽誤農耕節令，所以每逢大節都要祭拜。

在周朝，冬至和春節沒有差別，一直到漢武帝採用夏曆，才把冬至和春節分開，所以人們才認為「亞節」冬至的重要性僅次於春節。漢代每逢冬至，官府都有盛大的賀冬儀式，儀式持續三天，百官朝賀、君王不聽政、民間歇市三日，洋溢著濃郁的節慶熱鬧氣氛。

這個習俗一直延續到明清，民間甚至還有「肥冬瘦年」的說法，表示冬至這一天，大家都過得特別歡樂暢快，反襯得春節過年好像都沒如此熱鬧，是個非常生動的說法。

我們了解冬至這個節日有多重要後，就很容易理解唐代詩人白居易寫下〈邯鄲冬至夜思家〉的心情：「邯鄲驛裡逢冬至，抱膝燈前影伴身。想得家中夜深坐，還應說著遠行人。」（詩人獨自夜宿邯鄲客棧，一個人縮著身子、抱著膝蓋、孤燈照影。遙遙想著，家裡的人今天會歡聚到半夜吧？也許還會聊起我這個遠行人吧？）冬至本來是個親人團聚的大日子，白居易卻「**抱膝燈前影伴身**」，將寒冷淒清描寫得非常具體，躍然紙上，這就是冬至思鄉的心情。

節令哲學：陰氣到達頂點，陽氣開始生發

冬至也被稱為消寒節，因為這個時候很冷，北方的孩子從小都會唸〈九九消寒歌〉：「一九二九不出手，三九四九冰上走，五九六九沿河看柳，七九河凍開，八九燕歸來，九九加一九，耕牛遍地走。」

從「一九」到「九九」的計算，是從冬至開始，這天又稱為「交九」。此後開始「數九」，以九天為一個單位，過完九個九，剛好八十一天，即是「出九」，那時候就春暖花開了。在中國的數字裡，「九」是一個至高的陽數，中國人對很多重大事件都用「九」來衡量，例如「冷在三九，熱在三伏」的說法。

《月令七十二候集解》裡說：「**十一月中，終藏之氣，至此而極。**」所謂至此而極，意思同古人所說：「**陰氣之至，陽氣始生，日南至，日短之至，日影長之至，故曰冬至**」。中國哲學的基本概念是陰陽平衡，冬至這一天，陰氣到達極盛的頂點，接下來要走向衰萎；而衰萎的陽氣，要從這一天上升，這就是陰陽在一年之中平衡的交界點。冬至之後，白天一天比一天長，陽氣愈來愈上升，因此被視為吉日。

冬至三候：蚯蚓結，麋角解，水泉動

冬至分為三候：「一候蚯蚓結，二候麋角解，三候水泉動。」傳說，蚯蚓是陰屈陽伸的生物，一候期間，陽氣雖然有一絲絲生長，但陰氣依然十分強盛，所以蚯蚓盤結蜷縮著身子。

到了二候，麋跟鹿同科，可是陰陽不同。古人認為鹿角向前伸、麋角向後伸，代表鹿為陽、麋為陰。而從冬至起，陽氣逐漸旺盛，陰氣要消歇，麋的角會開始鬆動，即將脫落。

「三候」時，天氣逐漸回暖，導致山中的泉水解凍，開始流動。

冬至習俗：包餃子、吃驅寒嬌耳湯

其實到今天，北方還保留著冬至流傳下來的習俗，家家戶戶吃餃子驅寒、進補，古人還有所謂「冬至不端餃子碗，凍掉耳朵沒人管」的習俗，而餃子跟耳朵有關聯，是因為餃子的形狀像耳朵。另外，民間還有「冬至餃子夏至麵」的說法，據說是為了紀念東漢的醫聖張仲景[3]。傳說張仲景醫術高超，手到病除。他辭去長沙太守職務之後，回到

3 張仲景，東漢末年著名醫學家，後人尊稱為「醫聖」。他撰寫的《傷寒雜病論》集秦漢以來醫藥理論之大成，並廣泛應用於醫療實踐，是中國醫學史上影響最大的古典醫著之一。

家鄉南陽，看到老百姓食不果腹、寒無暖衣，過著苦日子，所以就在冬至這一天，在南陽城東關外面搭起棚子、架起大鍋，把辣椒、驅寒的草藥都放在鍋裡煮。煮到爛熟以後，用麵皮包上羊肉，熬成「驅寒嬌耳湯」，施捨給老百姓，來治大家的凍瘡。後來人們覺得小麵皮包羊肉的「嬌耳」很好吃，就演化成餃子。這個習俗就這樣一代一代流傳下來。

俗話說「餃子就酒，越喝越有」，代表吃餃子圖吉利，聚團圓。冬至天寒地凍，一家人如果能親自動手包餃子聚人氣，自然熱氣騰騰，一定比煮冷凍餃子更有儀式感。

從冬至這一天之後，白天會愈來愈長，為了迎接溫暖明亮的春天的到來，大家是不是應該回家包餃子呢？

掃一掃QR Code，聽于丹老師講「冬至」！

小寒

白日隱寒樹，野色籠寒霧

・時間：陽曆一月五、六或七日。
・三候：雁北鄉，鵲始巢，雉始雊。
・代表詩詞：小寒時節，正同雲暮慘，勁風朝烈。（《全宋詞》無名氏）
・民俗：畫圖數九。

二十四節氣中最冷的節令

大雪紛飛，河水封凍，寒風凜冽，小寒如期而至。《月令七十二候集解》說明「小寒」：「十二月節，月初寒尚小，故云。」《曆書》也說：「斗指戊，為小寒。時天氣漸寒，尚未大冷，故為『小寒』。」小寒是二十四節氣中的第二十三個節氣，在陽曆的一月五日前後，從陽曆來看，是每年的第一個節氣，此時太陽位於黃經兩百八十五度。小寒過後，中國部分地區便進入了一年中最寒冷的時期。隆冬時節，數九嚴寒，因此俗語有「小寒大寒，凍成一團」的說法。

小寒的冷意常常會勝過大寒，例如數九歌中的「三九四九冰上走」，恰好是指小寒時節。**從字面上理解，會以為大寒冷於小寒，但在氣象紀錄中，小寒卻比大寒冷，是全年二十四節氣中最冷的節氣，因此又有「小寒勝大寒」之說。**小寒的氣溫比大寒低，原因在於小寒的上一個節氣是冬至，地面得到的太陽熱量最少，土壤深層剩餘的一些熱量向上散發，讓冬至不至於是全年最冷的時候，但到了小寒，土壤深層的熱量散失到了最低點，儘管白天稍長，太陽的光與熱也略有增加，但小寒是熱能最入不敷出的時期，於是成為全年最冷的時節。《全宋詞》中有無名氏的詞句：「**小寒時節，正同雲暮慘，勁風朝烈**。」正是寫小寒之冷。

既然小寒更冷，為什麼古人要在小寒之後又加一個大寒，而不是先大寒再小寒呢？這是由於中國傳統文化講究「物極必反」，大寒之後迅速回暖，於是就將大寒時節做為寒之極致，置於小寒之後。

「小」的造字原理以及演變過程

〈二十四節氣歌〉：「春雨驚春清穀天，夏滿芒夏暑相連。秋處露秋寒霜降，冬雪雪冬小大寒。」其中「小大寒」指的便是小寒和大寒，這兩個時節是「**天寒人寒，大寒小寒。熱則普天匝地熱，寒則普天匝地寒。**」[1]接下來，我們來認識小寒這個節氣。

先來看看「小」字。「小」的甲骨文字形很像塵沙等細小物體的形狀，本義是細碎的塵沙微粒。《說文解字》解釋：「**小，物之微也。從八，丨[2]見而分之。**」意思是「小」表示物體微小，字形採用「八」作邊

甲骨文・小

1 宋代釋祖欽〈偈頌一百二十三首〉：天寒人寒，大寒小寒。熱則普天匝地熱，寒則普天匝地寒。熱不自熱，寒不自寒。紅日上三竿，當陽仔細看。

2 「丨」是象形字，音同「滾」，意為上下貫通。

旁，用「｜」加以細分。商承祚《殷墟文字類編》中也說明「小」是：「**卜辭作三點，示微小之意，與古今文同。**」後來，「小」還引申出微小、低微、輕視、小看等字義。

「寒」字我已經在〈寒露〉篇中詳細解說過（詳見頁一一〇）。簡單來說，「寒」的本義表示寒冷，今日「寒」、「冷」經常連用，這兩字之間的區別在於：「冷」表示人對溫度的感覺，「寒」則多表示客觀的溫度。所以，「寒」與表示客觀溫度的「燠」、「溫」等對舉使用，「冷」則多與表示感覺的「熱」、「暖」對舉使用，例如「如人飲水，冷暖自知」。

小寒三候：雁北鄉，鵲始巢，雉始雊

小寒亦有三候，《月令七十二候集解》這樣表達小寒的三候：「**一候雁北鄉，二候鵲始巢，三候雉始雊。**」一候陽氣已動，大雁開始向北遷移，但尚未遷移到中國最北方，只是離開了南方最熱的地方。

二候時，喜鵲感覺到陽氣而開始築巢。三候雉始雊，指野雞感到了陽氣的滋長而鳴叫。「雉」即野雞，「雊」（音同「夠」）是指野雞啼叫之聲，例如《詩經・小雅・小弁》中：「**雉之朝雊，尚求其雌。**」

寒為陰，小寒陰盛，陰盛則陽起，意思是古人認為冬至之後，陽氣便開始萌動，至小寒時節，陽氣較冬至時的「一陽生」高出一些，到了「二陽」的程度。所謂「**白日隱寒樹，野色籠寒霧**」[3]，就是說大地上的寒氣其實是陽氣上升、逼迫陰氣所形成的。

小寒古詩詞：小寒惟有梅花餃，未見梢頭春一枝

關於小寒時節的景象，唐代元稹〈詠廿四氣詩・小寒十二月節〉這樣描寫：「**小寒連大呂，歡鵲壘新巢。拾食尋河曲，銜紫繞樹梢。霜鷹近北首，雊雉隱叢茅。莫怪嚴凝切，春冬正月交。**」所謂「黃鐘大呂」，是中國古代十二律中的前兩個音律，「黃鐘」對應農曆十一月，「大呂」對應農曆十二月，所以詩中說「小寒連大呂」；而後幾句，則是描寫小寒三候。

元代王寂〈望月婆羅門元夕〉：「**小寒料峭，一番春意換年芳**」[4]則是描寫在這個天寒地凍、萬物蕭索的極寒時刻，對應時節吹來了「花信風」[5]，梅花、山茶、水仙依序開花。近代詩畫家吳藕汀〈小寒〉，也把梅花的冷豔與小寒的特點表現得淋漓盡致：「**眾卉欣榮非及時，漳州冷豔客來貽。小寒惟有梅花餃，未見梢頭春一枝。**」

---

3 「白日隱寒樹」出自南朝江淹詩〈劉太尉琨傷亂〉，「野色籠寒霧」出自唐王勃詩〈秋日別王長史〉。後人將它們組合在一起，用來形容小寒。

4 元代王寂〈望月婆羅門元夕〉：
小寒料峭，
一番春意換年芳。
蛾兒雪柳風光。
開盡星橋鐵鎖，
平地瀉銀潢。
記當時行樂，
年少如狂。
宦游異鄉，
對節物、只堪傷。
冷落譙樓水淡月，
燕寢餘香。
快呼伯雅，
要洗我、
窮愁九曲腸。
休更問、
勛業行藏。

小寒習俗：畫圖數九

小寒節氣正值三九嚴寒，「畫圖數九」是這個節氣的民俗，人們要用書法描紅「九九消寒圖」。故宮養心殿後殿掛有一幅圖，上面寫著「管城春滿」，下面的九宮格內，從右至左，寫有九個雙勾描線的空心字：「亭前垂柳珍重待春風」，每個字各是九個筆畫，這就是「九九消寒圖」。每年冬至之前，人們就會將消寒圖掛在室內，從頭九第一天開始，每天以毛筆描紅填廓，每日填寫完一字，便是「一九」，當句子完成，而九九八十一天也就過完了。除文字外，「九九消寒圖」還有銅錢形、梅花形、葫蘆形等。在冬日裡數九計數、書法描紅，既能消寒，也是消遣怡情的養生方法。

在養生方面，民諺說：「冬天動一動，少鬧一場病；冬天懶一懶，多喝藥一碗。」說明了在冬季鍛鍊身體的重要性。在這乾冷的日子，大家應該要多進行戶外運動，例如早晨慢跑、跳繩、踢毽子等。在精神上，則要暢達樂觀，不為瑣事勞神、心態平和。

---

5 古人認為，自小寒至穀雨共有八個節氣、二十四候，每候各與一花信風對應，小寒三候的花信風分別為：一候梅花，二候山茶，三候水仙。

大寒

北風利如劍，布絮不蔽身

- 時間：陽曆一月十九、二十或二十一日。
- 三候：雞乳，徵鳥厲疾，水澤腹堅。
- 代表詩詞：乃知大寒歲，農者尤苦辛。（白居易〈村居苦寒〉）
- 民俗：祭灶、放鞭炮送灶神。
- 代表飲食：祭灶糖。

二十四節氣的最後一個節氣

俗話說：「過了大寒，又是一年。」大寒是二十四節氣的最後一個節氣，在陽曆的一月二十日前後，此時太陽到達黃經三百度。到了大寒，春節也就不遠了。

古人從冬至開始「數九」，大寒以後進入「四九」，六到七天後再進入「五九」，整個「五九」都在大寒節氣中。〈九九歌〉唱道：「三九四九不出手，五九六九，河邊望柳。」就是說大寒時從河邊望柳，已能隱隱感受到大地回春的跡象，所以不會像冬至到小寒這段時期那樣嚴寒。當然，這是對中國大部分地區，尤其是黃河流域以北而言。

大寒與小寒的區別，《群芳譜》對此解釋為「小寒」是：「**冷氣積久而為寒，小者未至極也**」，「大寒」則是：「**大寒，寒威更甚**」，「**大者，乃凜冽之極也**」。古人認為大寒冷於小寒，所以說大寒是「寒氣之逆極」，但是在氣象紀錄中，小寒卻比大寒冷。也就是說，就大寒和小寒兩個節氣的寒冷程度而言，名為「大」者實為小，名為「小」者實則更大。

「大」的造字原理以及演變過程

甲骨文・大

金文・大

小篆・大

接下來，我們從文字角度來看「大寒」這兩個字。首先，「大」是象形字，「大」的甲骨文、金文、小篆字形就像兩臂伸開、兩腿分開站立的正面人形，本義指大人。《說文解字》解釋：「**天大、地大、人亦大，故大象人形。**」意思是天大、地大都無法取象為字形，因此就用人形來表示大。人是萬物之靈，所以古人將天、地、人並稱為三才，並用人形表示「大」。

「大」還可引申指品德高尚、知識淵博、技藝精湛的人，例如《孟子．盡心上》中的「**大匠不為拙工改廢繩墨**」（高明的工匠，不會因為技術拙劣的工人改變或廢棄規矩）。

「大」在古代同「太」，《廣雅．釋詁》就解釋：「**太，大也。**」段玉裁《說文解字注》進一步說明：「**後世凡言大而以為形容未盡則作太。**」（後世人們凡是用「大」字來形容事物，而仍感到不夠充分的，就用「太」。）可見「太」比「大」程度更甚，例如「太學」就是指最高學府。另外，要注意「大夫」的「大」，有兩種讀音的情況。與官職有關讀作「ㄉㄚˋ」，例如在奴隸制社會中，國君之下設卿、大夫、士三級，秦漢以後有御史大夫、諫大夫、中大夫、光祿大夫等。宋代以後稱醫生為「大夫」，這裡的「大」則要讀「ㄉㄞˋ」（音同「代」）。

大寒三候：雞乳，徵鳥厲疾，水澤腹堅

所謂「花木管時令，鳥鳴報農時」，指花草樹木、飛禽走獸均按照季節規律活動，因此也被視為是區分時令節氣的重要標誌。大寒分為三候：「一候雞乳，二候徵鳥厲疾，三候水澤腹堅。」

甲骨文·乳

「一候雞乳」，「乳」的甲骨文字形像母親抱著孩子餵奶，表示哺育之義，這裡表示繁殖，意指到了大寒節氣母雞便可以孵小雞。「二候徵鳥厲疾」，「徵鳥」多指鷹隼之類的鳥，「厲疾」表示迅猛，指此時鷹隼之類的禽鳥，正處於捕食能力極強的狀態中，盤旋於空中到處尋找食物，以補充身體的能量，抵禦嚴寒。「三候水澤腹堅」，朱右曾在《逸周書集訓校釋》中解釋：「腹堅，**言層冰堅固凸出如腹**。」指的是在一年的最後五天內，水域中的冰會一路凍到水域中央，而且最結實、最厚。

大寒習俗：做「祭灶糖」、放鞭炮送灶神

做為二十四節氣的壓軸節氣，大寒的天氣和農業有著緊密的關聯。農諺說「大寒不寒，春分不暖」，意思是：如果大寒這一天的天氣不太冷，那麼寒冷的氣候就會向後展延，來年的春分時節，天氣就會相對寒冷。還有一句「大寒見三白，農人衣食足」，意思是：在大寒時節裡，如果能多下雪，把蝗蟲的幼蟲凍死，來年的農作物才會豐收，農人就可以豐衣足食。

從大寒到立春，是新舊太歲交接承繼之時，因此人們每到大寒時節，便開始忙著除舊布新，醃製佳肴，準備迎接新年。祭灶、除夕等節日也處於大寒之中。

灶神是民間富有代表性和擁有廣泛信眾的神，寄託了人民辟邪消災、迎祥納福的美好願望。「祭灶」就是祭祀灶神，通常在農曆的臘月二十三，民間有「二十三，祭灶官」的說法。舊時，百姓灶間都設有灶王爺神位，人們稱為「灶君司命」或「司命菩薩」，傳說祂就是玉皇大帝封的「九天東廚司命灶王府君」，負責管理各家的灶火。灶王神龕大部分設在灶房的北面或東面，中間供上灶王的神像。農曆臘月二十三的夜晚，是灶王爺上天的日子，因此這一天，家家戶戶用玉米或小米做「祭灶糖」，晚上敬獻祭灶，意為堵住灶王爺的嘴，免得祂上天後向玉皇大帝胡亂彙報。此外，這一天還會燃放鞭炮送灶神。

大寒古詩詞：竹柏皆凍死，十室八九貧

大寒這一節氣，在詩歌等文學作品中出現的頻率也非常高，例如唐代白居易有一首著名的〈村居苦寒〉：「**八年十二月，五日雪紛紛。竹柏皆凍死，況彼無衣民。回觀村閭間，十室八九貧。北風利如劍，布絮不蔽身。唯燒蒿棘火，愁坐夜待晨。乃知大寒歲，農者尤苦辛。顧我當此日，草堂深掩門。褐裘覆絁被，坐臥有餘溫。幸免飢凍苦，又無壟畝勤。念彼深可愧，自問是何人。**」[1] 其中，「褐裘」指粗布面的皮衣，「絁（音同「施」）被」是指粗綢面的被子，詩人用通俗易懂的語言、白描的手法，對比農民的窮苦與自己的溫飽，表達了對下層人民貧苦生活的同情、愧疚和自責。

大寒結束後，二十四節氣將開啟另一個循環。接下來，我們來看看中國十四個傳統節日的相關漢字吧！

---

1 白話文翻譯：元和八年的十二月，接連五天大雪紛紛，竹子柏樹都被凍死了，何況那缺少寒衣的農民，遍觀村裡所有人家，十戶有八九戶小家貧寒。寒風吹來好似利劍，農民們衣衫單薄不能遮身，只有點燃蒿草取暖，終夜愁坐盼望清晨。我才知道大寒年歲，農人更加痛苦辛酸。我穿著皮袍蓋著棉被，不論坐臥都有餘溫。慶幸免遭飢寒之苦，且又不必躬耕力勤。想起他們我很慚愧，叩問自己算是何人？自己無壟畝之勤，卻過著優裕的生活。

歲時節慶篇。

傳統節日歷久彌新，風俗習慣代代相傳。團圓和祭祖是傳統節日的兩大主題，折射出家庭對中國人的重要性。接下來，我們要繼續從漢字的演變中，探尋中國古典節日的核心，體悟中國人歷來對世界、時間的觀念。

臘八

小孩小孩你別饞，過了臘八就是年

- 時間：農曆臘月初八。
- 代表詩詞：冬至後三戌，臘祭百神。（許慎《說文解字》）
- 民俗：冬祭、熬臘八粥、捨臘八粥。
- 代表飲食：臘八粥。

臘八，顧名思義就是臘月初八，俗話說：「臘七臘八，凍掉下巴」。寒冬臘月，確實會讓人想喝碗熱騰騰的粥，讓自己暖和起來。至於這個節日的由來，我們先從「臘」字說起。

繁體字「臘」的造字由來

小篆·臘

《說文解字》解釋：「臘，冬至後三戌，臘祭百神。從肉巤（音同「列」）聲。」（冬至之後的第三個戌日，就是臘祭之日。這一天要舉行祭祀百神的活動，把獵來的獵物拿去祭祀。）「臘」字之所以是肉月旁，意指用獵物的肉來進行冬祭。因此，「臘」字是指古人在一歲終了之時所舉行的祭祀百神活動，「祭祀」就是「臘」的本義。

而關於古代臘祭，《左傳．僖公五年》有一篇〈宮之奇諫假道〉[1]的故事：公元前六五五年前後，當時很強大的晉國，向小國虞國提出「假道」的要求，也就是借道而過，從虞國穿過去，攻打比鄰的虢國。

虞國的大夫宮之奇看清了晉國的野心，知道晉國是想趁其不備，經過虞國時，順手把兩國都滅了，也就是一石二鳥、一箭雙雕，把虢國連帶著虞國都拿下。於是宮之奇力諫虞公，他說：虞國和虢國的關係是「**輔車相依，唇亡齒寒**」，就像嘴唇和牙齒，要是沒有嘴唇的話，牙齒自然會在冷風受凍。宮之奇已經看出，虢國如果被滅，虞國也將不復存在。但是，虞國的國君聽不進勸諫，一意孤行，貪圖小利，答應了晉國使者的要求，同意晉國借道去打虢國。

宮之奇於是帶著自己的族人離開，臨走之前，他很傷感地說：「**虞不臘矣。在此行也，晉不更舉矣。**」（虞國恐怕等不到今年年終祭祀的時候了，它的滅亡近在眼前，連今年的大禮都舉行不了了。）宮之奇感嘆晉國這一次行動，不必再次出兵，光憑順道、順手，就能把虞國徹底剿滅。從這句話，我們可以看到古人的感慨很簡潔，以今年再也不必舉行祭祀祖先神靈的祭典，來指國家就要滅亡。

1〈宮之奇諫假道〉原文：「晉侯復假道於虞以伐虢。宮之奇諫曰：『虢，虞之表也。虢亡，虞必從之。晉不可啟，寇不可翫。一之謂甚，其可再乎？諺所謂「輔車相依，唇亡齒寒」者，其虞、虢之謂也。』

簡體字「腊」的造字由來

「臘」字筆畫很複雜，簡體字用肉月旁加一個往昔的「昔」組成「腊」來取代。「腊」與「臘」在古代，確實是兩個不同的字，讀音、意義都不相同，但是在臘肉、乾肉這個意思上相通，所以我們現在就採用了「腊」做為「臘」的簡體字。

「腊」字原本不讀「ㄌㄚˋ」（音同「辣」），而是讀「ㄒㄧˊ」（音同「習」）。「腊」右邊的音旁是「昔」，而「腊」原本的寫法也是「昔」。

甲骨文・昔

金文・昔

「昔」的各種字形，都具備了太陽和波紋的元素。兩者之間的關係，有兩種不同的解釋。第一種說法是：這個小波紋，是描述遠古時候洪水氾濫的情形。所以「昔」的本義應該是指洪水暴發的時期，它既可以指洪荒的遠古，又可以指往昔，例如《莊子・齊物論》：「**昔者十日並出，萬物皆照。**」敘述的是當年后羿還沒射日前，天上有十個太陽的時候，這裡的「昔」表示很早以前，也就是遠古神話傳說時代。還有《詩經・小雅・采薇》：「**昔我往矣，楊柳依依。今我來思，雨雪霏霏。**」這裡的「昔」指的都是一般意義上的往日、過去，如同現今的使用方式，例如「今非昔比」。

另外還一種說法，有人認為這些小波紋是肉片，和「日」合在一起，就是太陽曝曬肉片之意，因此「昔」本義就是晒乾的肉。《說文解字》就這樣解釋：「**昔，乾肉也。**」

從殘肉，日以晞之。」（一片片零星、殘餘的肉，太陽將它們晒乾，以便保存起來。）那個時候沒有冰箱、防腐劑，獵到一次野獸不容易，所有的肉都得留起來，於是放到太陽下曝晒。現在冬天醃製、風乾、燻乾的肉也叫臘肉。從這個解釋來看，解釋為「過去」、「往日」等意義的「昔」，應該只是同音假借。

金文·昔

時間慢慢往後推移，到了春秋早期的「昔」字，在金文裡就有在原字的基礎上加了肉月旁的寫法，所以「昔」後來有了另外一個讀音，與「臘」同音。

臘八節習俗：熬臘八粥、捨臘八粥

從古至今，臘八節這一天，民間習慣準備各式各樣豐富的飲食。所謂臘八粥，最早其實就是小紅豆粥，後來結合不同地方的特色，材料愈來愈豐富。《燕京歲時記》中記載清代北京熬臘八粥的方式：「臘八粥者，用黃米、白米、江米、小米、菱角米、栗子、紅豇豆、去皮棗泥等，合水煮熟，外用染紅的桃仁、杏仁、瓜子、花生、榛穰、松子及白糖、紅糖、瑣瑣葡萄，以作點染。」這樣看來，基本原料就已經九種了，點綴的原料又有九種，加在一起總共十八種。臘八粥熬好後，首先要敬神祭祖，然後要饋贈親友，而且一定要在中午之前送出去，非常講究。之後才是全家人吃，吃剩下的臘八粥，要繼續吃好幾天，因為還能剩下才是好兆頭。

有一首小孩子愛唱的小歌謠，這樣唱到：「小孩小孩你別饞，過了臘八就是年。」反映出小孩盼望過年的心情，因為過年好吃的東西特別多，從臘八就一直有得吃。這時節天寒地凍，還有很多窮苦的人沒飯吃，所以臘八還有捨粥的傳統，人們會熬一大鍋熱氣騰騰的粥，一勺一勺給流浪、餓肚子的人，這讓臘八粥不光是時令的美食，還包含著過去積德行善的道德感。

現今遺憾的是，很多人家都只在超市裡買臘八粥，用配好的豆子，有的人甚至就買一罐罐的八寶粥，家裡都懶得熬了。現在我們有各種煲粥的電鍋，各式各樣能用的東西，比過去方便，我還是希望我們不要遺失這麼好的習俗，讓家裡恢復一些儀式感、熬熬臘八粥、過過這個節，恢復以前那點人情味。不知道今年，大家熬不熬臘八粥呢？

掃一掃QR Code，聽于丹老師講「臘八」！

除夕

萬物迎春送殘臘，一年結局在今宵

- 時間：農曆臘月三十。
- 代表詩詞：新年納餘慶，嘉節號長春。（後蜀國君孟昶自題）
- 民俗：燃燒竹節、守歲、寫春聯、年夜飯。
- 代表飲食：魚肉菜蔬。

除夕是每年農曆臘月的最後一個晚上，又稱大年夜、除夕夜、歲除、除夜等，古詩中寫道：「殘臘迎除夕，新春接上元」[1]，指出除夕是辭舊迎新、一元復始、萬象更新的節日。接下來，我們就來詳細了解這個喜慶又隆重的節日。

「除」與「夕」的造字本義與引申義

小篆・除

這個節日稱為「除夕」的原因，根據許慎《說文解字》解釋：「除，殿陛也。」「殿」就是宮殿之意，《說文解字》解釋「陛」為：「升高階也」，本義指臺階。張舜徽《說文解字約注》進一步解釋：「本為階之通名，後乃用為殿陛之專稱。」由此可知，「除」的本義為宮殿臺階。

「除」從宮殿臺階到用於「除夕」一詞，可見以下文獻。《史記・魏公子列傳》記

1 宋代鄧深〈懷清曠兄弟〉：
殘臘迎除夕，
新春接上元。
常進陪內集，
排日醉芳樽。
歲月驚殊谷，
關山隔故園。
談邊應記我，
頻噫怪黃昏。

載魏公子竊符救趙故事片段：「**趙王掃除自迎，執主人之禮，引公子就西階。公子側行辭讓，從東階上，自言罪過，以負於魏，無功於趙。**」（趙王親自打掃宮殿臺階，以主人身分把魏公子接到了王宮，趙王請魏公子從西邊的臺階上去，魏公子謙讓隨趙王之後從東階進入，聲稱有罪過，竊符救趙這件事對魏來說是一種背叛，對趙也沒有什麼功勞。）《禮記．曲禮上》有記載：「**主人就東階，客就西階。客若降等，則就主人之階。**」在古時，主客各走東西兩方的臺階，象徵並肩平等而上，但如果客人從東階隨主人之後而上，就是「降等」。在故事中，魏公子自覺內心有愧，因此從東階隨趙王之後而上。而我們現在常說的「掃除」，本義即是打掃臺階，後來引申為清除、清理、更替等義，就像段玉裁《說文解字注》中說：「**殿謂宮殿，殿陛謂之除，因之凡去舊更新皆曰除，取拾級更易之義也。**」今日「除夕」之「除」有去舊更新的意思，就是來自於此。

甲骨文．夕

甲骨文．夕

「夕」的甲骨文字形象月出之形，「夕」與「月」本來是同一個字形，後來才分化成兩個字。《說文解字》解釋：「**夕，莫也。**」「莫」即「暮」，「夕」的本義就是傍晚。

所以，舊的年歲到此夕而除舊，第二日即是新的年歲，因此就名為「除夕」。

除夕傳說：因惡獸而起的特別節日

相傳「夕」是古時一隻四角四足的惡獸，冬季天寒地凍，食物短缺，「夕」就到村子裡面尋找食物，由於「夕」體型龐大，脾氣暴躁，凶猛異常，給村民們帶來了很大的災難。因此每到臘月底，人們便扶老攜幼到附近的竹林躲避「夕」。老人們想到惡獸可能會怕紅布，於是四處掛滿了紅布條。冬季天寒，大家便在竹林裡燒火取暖，村民們把剛砍下的竹節扔進火中，潮溼的竹節遇到燃燒的烈火紛紛爆裂，發出劈里啪啦的響聲，「夕」聽到響聲掉頭鼠竄。於是，人們便在每年的臘月三十燃燒竹節、懸掛紅布條，以防「夕」的到來。這就是「除夕」緣起的傳說。

除夕習俗：守歲、寫春聯、年夜飯、庭燎

除夕的風俗傳統在不同時期，有不同的演變。根據《呂氏春秋．季冬紀》記載：古人在新年的前一天，會用擊鼓的方法來驅逐「疫癘之鬼」。「除夕」二字則始見於東漢，應劭《風俗通義．祀典》中記載：「**常以臘除夕飾桃人，垂葦茭，畫虎於門，皆追效於前事，冀以禦凶也。**」[2]

晉時，民間有了分歲、守歲之習俗，表示送舊、延年之意。西晉周處在《風土記》

2 相傳度朔山上有一棵大桃樹，桃樹東北方是萬鬼出入的鬼門，神荼與鬱壘兩名神祇把守著鬼門，在桃樹下檢閱百鬼，他們只要發現有作惡的鬼經過，就會以葦索綑綁拿去餵老虎。後來黃帝教人「立大桃人」以驅除鬼魅，現在人們在臘月除夕掛桃人、垂葦茭，畫虎於門，應當是該方的延續。

裡記載除夕這一天，大家都是「終夜不眠，以待天明，稱曰守歲」，這是記載守歲風俗最早的典籍。南北朝時，守歲這一習俗已普遍形成，《荊楚歲時記》就記載「歲暮，家家俱肴蔌詣宿歲之位，以迎新年」[3]，「肴蔌」即魚肉菜蔬，也就是除夕要備好魚肉菜蔬，團聚守歲以迎新年。唐代又增加了庭燎（用竹子做成火把，又稱「爆竹」）、銅刀刻門等習俗。再到宋代時，守歲的風俗已經遍布城鄉各地了。

到了宋代，度歲成為年終大事。吳自牧《夢粱錄》詳細記載除夕之日，家家戶戶打掃房屋、更換門神、貼春聯、祭祀祖先等等風俗：「十二月盡，俗云：月窮歲盡之日，謂之除夜。士庶家不論大小家，俱灑掃門閭，去塵穢，淨庭戶，換門神，掛鍾馗，釘桃符，貼春牌，祭祀祖宗。遇夜，則備迎神香花供佛，以祈新歲之安。」其中「釘桃符」，指的是春聯，又稱門對、門帖，俗稱對子。最初的形式是桃木，漢代的時候演變為桃人，魏晉時發展為桃符，也就是長七八寸、寬一寸多的桃木板，上面書寫神荼、鬱壘二名，意為鎮鬼。五代時，就已經有在桃符上題寫詞句的習俗，傳說後蜀國君孟昶自題：「新年納餘慶，嘉節號長春。」據說這是中國最早的春聯。到了宋代，春聯開始用紙書寫。「春聯」之正式命名始於明太祖朱元璋。明清守歲之風更盛，除了貼對聯、年夜飯、庭燎等，還增加了許多新名目，例如在北方，就有送玉皇、迎灶神、門簷窗臺插芝麻秸等習俗。

到了近現代，為了增添守歲樂趣，又增加了下棋、拼七巧板、解九連環、打相思

3《荊楚歲時記》為南北朝梁宗懍撰，記述楚國與歲時節令有關的故事，保存了一些古代的神話和傳說。

結、猜字謎、擲骰子等娛樂活動。我們看春節特別節目看到餓了的時候，還會再下一鍋餃子。其實，餃子跟守歲也是有關的，因為守歲守到上一年結束的時候，論時辰是走到了亥時的最後一分一秒，而新年第一個時辰是子時，所以兩年相交於子時，這個時分稱為「交子」，正好與餃子諧音。

除夕古詩詞：有歡樂熱鬧的守歲，也有離家萬里的悲愁

古文中有很多關於守歲的詩歌作品，這是因為除夕處於歲月輪迴的樞紐點，標誌著舊年的結束和新歲的開始，極易觸動人們的情思，與此同時，除夕詩的創作也豐富了節日的文化意蘊。南北朝時期已有守歲詩流傳下來，如梁代徐君倩的〈共內人夜坐守歲〉：「**歡多情未極，賞至莫停杯。酒中喜桃子，粽裡覓楊梅。簾開風入帳，燭盡炭成灰。勿疑鬢釵重，為待曉光催。**」詩中描繪了詩人和妻子美酒細斟，歡樂待曉的守歲情景。

陸游著名的〈除夜雪〉，則寫出了詩人喜迎新春的歡欣與激動：「**北風吹雪四更初，嘉瑞天教及歲除。半盞屠蘇猶未舉，燈前小草寫桃符。**」（四更天初至時，北風帶來一場大雪，上天賜給我們的瑞雪正好在除夕之夜到來，昭示著來年的豐收。盛了半盞屠蘇酒的杯子，還沒有來得及舉起慶賀，我依舊在燈下用草字趕寫著迎春的桃符。）

南宋詩人戴復古也有一首〈除夜〉，描寫除夕夜時的習俗活動，表達內心的喜悅：「掃除茅舍滌塵囂，一炷清香拜九霄。萬物迎春送殘臘，一年結局在今宵。生盆火烈轟鳴竹，守歲筵開聽頌椒。野客預知農事好，三冬瑞雪未全消。」除夕夜是家人歡聚的時刻，但漂泊在外的遊子，此時的心境卻又是另一番滋味。

唐代白居易有〈客中守歲〉一詩：「守歲尊無酒，思鄉淚滿巾。始知為客苦，不及在家貧。畏老偏驚節，防愁預惡春。故園今夜裡，應念未歸人。」白居易寫出除夕佳節自己獨自身處千里之外，面對孤獨寂寞的愁緒、對故鄉親人的思念、時光荏苒催人老的恐慌，使得他不禁淚水漣漣。

唐代高適也有一首〈除夜作〉：「旅館寒燈獨不眠，客心何事轉淒然。故鄉今夜思千里，愁鬢明朝又一年。」描述除夕之夜，寒燈隻影，詩人眼看著外面家家戶戶燈火通明，歡聚一堂，而他卻遠離家人，身居客舍，「故鄉今夜思千里」既是自己思念家鄉親人，也是親人在思念著自己。這首詩既寫出了詩人獨身一人的孤苦，又表達了對千里之外故鄉親人的思念，以及對時光流逝的感嘆。

元旦

四氣新元旦，萬壽初今朝

・時間：農曆正月初一（今訂為陽曆一月一日）。
・代表詩詞：桃符呵筆寫，椒酒過花斜。（陸游的〈己酉元旦〉）
・民俗：換春聯、寫福字、舞龍、放鞭炮、守歲。
・代表飲食：屠蘇酒、團圓飯。

每年陽曆一月一日元旦到來時，大家都會互相問候「元旦快樂」、「新年快樂」，華人現在過的這個元旦新年，世界上很多國家也會慶祝，是個舉世歡慶的節日。但是在古代，元旦其實不是指陽曆一月一日，這是為什麼呢？接下來，我們就從漢字來了解「元旦」這個節日在中國經歷的演變。

「元」的造字原理以及演變過程

甲骨文・元

金文・元

「元」字，遠在商代時期就開始使用。甲骨文、金文的字形像一個突出人頭的側面人形，所以「元」的本義是一個圓圓的人頭。《說文解字》解釋「元」表示開始：「元，始也」，這是從「元」的本義引申出來的字義。

《孟子．滕文公下》說：「**志士不忘在溝壑，勇士不忘喪其元。**」（有志之士、勇猛之士為國家戰鬥而死，不怕自己喪身溝壑、丟掉腦袋。）其中「喪其元」的「元」，就是用本義，解釋為頭。但是，現在所見的文獻典籍中，不常見到「元」解作「頭」這個本義，常用的反而是「元」的引申義，表示為首、開始、第一，例如《詩經．魯頌．閟宮》：「**建爾元子，俾侯於魯。大啟爾宇，為周室輔。**」（周威王頒發詔令給周公，敕封周公的長子到魯這個地方開拓疆土，輔佐周王室。）其中的「元子」，就是指長子。

「旦」的造字原理以及演變過程

說完了「元」，我們再來看「旦」。有學者認為新石器晚期出土的龍山文化黑陶，表面刻畫的紋理中，就出現了最早的「旦」字。

這個字像一幅很複雜的畫，能分出三個層次，一點都不像現在的「旦」字。據文字學家于省吾先生考證，這個字是早晨的太陽從山峰上升起來的形象。上面圓形的部分是太陽；中間是一塊雲彩，雲氣托著初升的太陽；最下面是連綿起伏的山峰。

龍山文化黑陶．旦

甲骨文．旦

金文．旦

小篆．旦

到了甲骨文時期，「旦」的筆畫簡化許多，中間雲氣消失了。上面還是日，下面表示大地，表示從地平線上，太陽冉冉升起。

再看金文，其實跟甲骨文非常相似，結構上還是相同，只是「日」下面的部分填為實心。

時間再往後，小篆的字形就演變成今日所寫的樣子。《說文解字》解釋：「旦，明也。從日見一上。一，地也。」意指太陽從地面上升起，亦即許慎認為「旦」是指從大地上升起明亮的光，本義就是明亮。其實，這應該是「旦」的引申義，「旦」的本意應該是太陽從地平線上露出來，乍隱乍現的時分。更具體、詳細地說，我們在海上看日出時，會看見一輪小小的紅日從海上升起，愈來愈明亮、愈來愈鮮豔，最後火紅圓潤的太陽似乎是往上一跳，「嘣」一下躍出了海平面。在太陽將跳未跳、還沒離開海平面的那一瞬間，就是「旦」的本義。而太陽一跳，表示一天開始，所以「旦」在時間上表示夜的結束、晝的開始。

「旦」也指一天正式的開始，例如〈木蘭辭〉描寫木蘭早晨從家中出發的場景：「旦辭爺娘去，暮宿黃河邊。」在時間上，「旦」有時候也指明天、次日，例如《戰國策．齊策》：「旦日，客從外來，與坐談。」這個「旦日」就是指經過一天，第二天的清早。《史記‧項羽本紀》也是用這個字義：「**旦日饗士卒，為擊破沛公軍。**」指大家準備好第二天一早，吃飽飯以後出擊。

古代的「元旦」，其實是今日的「春節」？

根據「元」和「旦」的造字來歷，兩字合在一起就是個大日子，指新年的第一個早晨。

「元旦」這個詞最早出現於《晉書》，據說起於三皇五帝之一的顓頊：「**顓帝以孟夏正月為元，其實正朔元旦之春。**」到了南朝，蕭子雲[1]《介雅》記載：「**四氣新元旦，萬壽初今朝。**」宋代吳自牧在《夢粱錄》[2]裡記載：「**正月朔日，謂之元旦，俗呼為新年。一歲節序，此為之首。**」這些古文中提到的「朔」，是指農曆每月初一，滿月之時則稱「望」，因此第一個月的初一就是元旦，是開啟新一年的大日子。由此看來，古時候的元旦是農曆的正月初一，也就是現在的春節。也就是說，華人最隆重的大年初一，在過去稱為元旦。

當然，它在不同的朝代稱呼不一樣，先秦的時候稱為「上日、元日、改歲」，都是歲月更迭的意思。兩漢的時候稱為「歲旦、正旦、正日」。到了魏晉的時候，稱「元辰、元日、元首」。而到了唐、宋、元、明的時候，逐漸穩定下來，就稱為元旦，也叫

---

1 蕭子雲，南朝梁南蘭陵人，字景喬。通文史，善草隸。著有《晉書》、《東宮新記》。

2 《夢粱錄》，南宋吳自牧著，成書於南宋末年，敘述整個南宋時期的臨安（今浙江杭州）景況，其中記錄了不少關於民俗和民藝。

「列日、新正」。清代的時候稱為元旦或元日。古時有許多的詩詞，都是在感懷「元日」，其實指的就是春節。

那麼，我們是什麼時候把元旦改成現在的陽曆年呢？答案是辛亥革命，孫中山先生為了順應農時，便於統計，就把正月初一定為春節，也就是過陰曆年。同時把陽曆的一月一號定為元旦，一直沿用至今。

元旦習俗：換春聯、合飲屠蘇酒

宋代王安石的〈元日〉描述節日景象：「**爆竹聲中一歲除，春風送暖入屠蘇。千門萬戶曈曈日，總把新桃換舊符。**」所謂「新桃換舊符」，就是門上要換新的春聯。「屠蘇」，是指喝屠蘇酒，這是古代過年的重要習俗。用屠蘇（一種藥草）泡過的酒可以用來驅邪、避瘟，求人長壽，所以大年初一要全家合飲。舊時元旦還要祭先祖、寫福字、舞龍、放鞭炮、守歲、吃團圓飯。總而言之，古時候春節的習俗只會比現在更多，不會更少。

現在的元旦不只有華人社會會慶祝，世界上很多國家，例如埃及、朝鮮、義大利、泰國、日本……等都會過元旦。埃及人把尼羅河漲水這一天當做新年的開始，所以他們有一個很詩意、吻合天時的名字，叫作「漲水新年」。在埃及的很多地方，元旦這一天祭祀要供上大豆、扁豆、紫苜蓿和小麥這些農作物的顆粒，以及一些綠色植物的小嫩芽，以祈禱豐收。祭祀貢獻的東西愈多，人們就覺得這一年收穫的希望愈大。

現在新年和春節，是華人過的兩個很重要的大節日。新年是紀元的更迭，是看一個日曆撕到底的日子，學生對新年的感受尤其深刻。對老人家來說，最重要的日子還是春節，因為那是農耕民族祭天法祖、在寒冬中休養生息、盤點一年收穫的大日子。有趣的是，過去的歷史中，過大年叫元旦，而在今天，改成一個紀年的更迭叫元旦，但無論是過去的用法，還是現在的用法，「元旦」這兩個字都很重要。

掃一掃QR Code，聽于丹老師講「元旦」！

春節

爆竹聲中一歲除，春風送暖入屠蘇

・時間：農曆正月初一。
・代表詩詞：沉香甲煎為庭燎，玉液瓊蘇作壽杯。（李商隱〈隋宮守歲〉）
・民俗：燃爆竹，貼對聯，寫福字，守歲，下餃子。
・代表飲食：餃子、屠蘇酒。

標誌著一年伊始的最大節日

拜年了，拜年了。一年一度最大的節日終於到了。春節特別有人氣，也特別能夠感覺到歷史。傳統的大年，也稱新歲、春節，是中華文化中最大的傳統節日，也是最重視的節日。每到春節，海外華人都會載歌載舞、歡度節日。其實過去的春節，曾經專指節氣裡的「立春」，也就是說一年伊始，祈禱萬物蓬勃發展，這個節日跟春天有關。後來逐漸改成在農曆的正月初一固定下來，就是現在的新年。

中國的大年基本上是從臘月二十三，一直過到來年的正月十五，大概要過三個星期的時間。那個時候，中國北方的土地已經白雪皚皚，大地休耕，人們當然要回家過年。有些地方過年過得很從容，過完正月十五還會接著過，一直過到二月二龍抬頭，又歡慶又懶散，是對這一年辛苦的犒賞。

「年」的造字原理以及演變過程

甲骨文·年

「新年」、「過年」的「年」字，甲骨文像一個人背著一小捆成熟的稻穀、頭上插著禾穀做裝飾、載歌載舞地慶祝新年，所以有學者認為「年」描繪的是古代的豐收舞。這種歡慶的樣子，差不多就是過年的場景，其實現在在北方例如陝西一帶，還會「鬧社火」，東北也有「扭大秧歌」。過年就是一個大慶典，要紅紅火火的。

金文·年

小篆·年

到了金文和小篆，「年」下面背著穀物的「人」字，訛變成了「千」，變成了它的聲符，讀音接近現在的「年」。《說文解字》解釋「年」是指穀物成熟：「**穀熟也。從禾千聲。**」古代中原地區都是一年收一季稻，從播種到成熟的漫長週期，就是一年，所以「年」表示穀物豐收，後來才逐漸引申出時間的概念。例如《爾雅》記載夏商周三代，對於一年三百六十五天的時間，使用的稱呼不一樣：「**夏曰歲，商曰祀，周曰年。**」在夏朝時，一年叫「一歲」；商朝時，這一個週期是一次祭祀；到周朝的時候才確定下來，這個週期就稱為「一年」。

春節傳統習俗：放爆竹、貼對聯、貼福字

春節的最具代表性的民俗，當然是放爆竹，南朝梁宗懍的《荊楚歲時記》裡就有記載：「**正月一日，是三元之日也，謂之端月。雞鳴而起，先於庭前爆竹，以辟山魈惡鬼。**」唐宋詩詞裡當然也有很多相關記載，例如李商隱〈隋宮守歲〉[1]：「**沉香甲煎為庭燎，玉液瓊蘇作壽杯。**」（燃起名貴的沉香，庭院中火炬燈燭照得一片通明，舉起瓊漿玉液，大家祝賀新的春天的開始。）《東京夢華錄》亦有記載北宋時汴京人過年的情景：「**正月一日年節，開封府放關撲三日。士庶自早互相慶賀。**」（春節放三天大假的時候，無論士卒還是庶人，大家彼此之間都會拜年送禮。）

當然，最著名的春節詩詞還是王安石的〈元日〉：「**爆竹聲中一歲除，春風送暖入屠蘇。千門萬戶曈曈日，總把新桃換舊符。**」指出舊的一年在一陣陣震耳欲聾的鞭炮聲中結束。在民間，「年」指的其實不是豐收，而是個怪物，「年」害怕大聲響、害怕紅色，所以家家都掛紅燈籠、放鞭炮來嚇跑「年」。在這個時候，人們還會喝屠蘇酒、釘桃符，王安石寫的「**千門萬戶曈曈日**」就是指太陽剛升起的時候，要把舊的桃符取下來，換上新的。

我周圍有很多文人朋友在過春節的時候，還會自己寫春聯、寄給朋友，像我每年都會收到四、五位不同的朋友寄來的春聯。而比春聯更流行的，是家家戶戶到今天還會貼

---

1 李商隱〈隋宮守歲〉
消息東郊木帝回，
宮中行樂有新梅。
沉香甲煎為庭燎，
玉液瓊蘇作壽杯。
遙望露盤疑是月，
遠聞鼉鼓欲驚雷。
昭陽第一傾城客，
不踏金蓮不肯來。

的「福」字，讓我們也來看看這個字吧。

甲骨文·福

金文·福

小篆·福

「福」是形聲字，《說文解字》說：**「福，祐也。」**（保佑。）《禮記．祭統》解釋：**「福者，備也。備者，百順之名也，無所不順者謂之備。」**意思是：福，表示一切都是齊備、完備的，面對歲月有所準備、一切齊全，這種狀態就是有福。古代稱「富貴壽考」齊備為「福」（亦即有錢財、有地位且長命百歲就是福）。人們貼「福」字，就是祈求富貴壽考，祈求人生的平安都能齊全。

春節現代習俗：吃關東糖、送餃子

時序走到近代，現在的春節，第一，是消費季，因為商店都在打折；第二，是休息日，因為平時太累了，大家都想要好好吃飯休息；第三，這時候大家會互相問候，但大部分是用手機或打市內電話，真正的走動拜訪也少了。

我還記得小時候，中國流行在春節時吃關東糖。大年初一時，家家戶戶都會祭拜灶王爺（詳細介紹請見頁一五二），關東糖就是用來供奉灶王爺的，這種糖嚼起來很黏，目的是要把灶王爺的嘴給黏住，讓祂上天說好話，不向玉皇大帝告狀。祭灶是一個可愛的儀式，因為人們會像小孩子一樣，懷著天真而膽怯的恭敬，給神明一點糖吃，希望祂幫忙說點好話，也承認自己有錯，承諾明年會改，讓年年都變得更好。

我總覺得過去的春節過得很美，雖然物質很匱乏，但是人們很用心。在我小時候，每年過春節，每家的瓜子和花生還得憑票供應，我外婆的朋友會送來點心盒子，盒子上有一張紅紙，打開以後，是老北京的傳統月餅「自來紅」、「自來白」，這種月餅沒有現在那些名貴的點心好吃，但是那個時候的花生、瓜子吃起來卻特別香，點心吃起來特別甜。街坊鄰里關係也很好，我外婆包餃子總一盤又一盤，包了好多好多。那時候沒冰箱，都是用打溼的蒸籠布蓋在餃子上防止餃子發硬，然後一鍋一鍋下。我家人口也不多，下那麼多餃子就是為了讓我和表妹們挨家挨戶送給人家，把熱騰騰的這一大盆餃子送到別人家的大碗裡，人家一定往我們的小口袋放把瓜子、手心裡捧一把花生，給個棒棒糖再回來。

現在，一年伊始，真的是在過大節了，我要跟大家說大年到了，給您拜年，春節快樂、新年快樂！

掃一掃QR Code，聽于丹老師講「春節」！

元宵節

驀然回首，那人卻在，燈火闌珊處

- 時間：農曆正月十五。
- 代表詩詞：東風夜放花千樹，更吹落、星如雨。（辛棄疾〈青玉案・元夕〉）
- 民俗：賞花燈、猜燈謎、踩高蹺、搖元宵。
- 代表飲食：元宵。

元宵節做為一個傳統的節日，從兩千多年前的西漢時期就已經存在了。古人把每年的農曆正月十五定為元宵佳節，顧名思義，這一天就是進了農曆新年以後的第一個月圓之夜，從漢字可以看得出來。

「元」與「宵」的造字原理以及演變過程

「元」字的甲骨文，乍看像一個側面站著的人形，可是仔細觀察，此人的頭頂上多了橫線。其實這個橫線代表提示，是指事符號，用來強調最上面，也就是頭，即腦袋的符號。

甲骨文・元

再看金文，還是側立的人形，但上面的橫線變成小圓點，就像人的腦袋。所以，

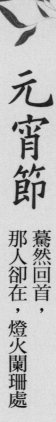

金文·元

小篆·元

「元」的本義就是頭、腦袋。根據甲骨文、金文這些古文字看，《說文解字》解釋：**「元，始也。從一，從兀。」**（「元」的本義就是開始。）許慎的解釋直截了當，但並不一定正確。回到根本思考，「元」本指人頭，接著才有第一、開始之意，「開始」的意思，就用在一年、一月、一日裡。所謂的元年、元月、元日、元旦，包括元宵，這些「元」都是開始、第一的意思。

金文·宵

小篆·宵

說完了「元」，再看「宵」。所謂春宵一刻值千金、通宵達旦，大家都理解「宵」就是夜。「宵」的字形，上面是個寶蓋頭，下面是它的聲符「肖」字。《說文解字》解釋：**「宵，夜也。從宀，宀下冥也；肖聲。」**（「宵」表示夜晚，在屋頂下幽冥灰暗。）春宵一刻值千金中的「宵」，用的就是它的本義，也就是夜晚的意思。

從字面意思上來看，元宵指農曆新年的第一個夜晚。你或許會起疑：元宵怎麼是第一夜，不都到正月十五了嗎？那前面半個月怎麼算呢？這就涉及朔日、望日的概念了。其實，初一的時候看不到月亮，每個月的十五或十六，月亮最大最圓的時候稱為望日。那一天的月亮叫望月，也稱滿月。雖然元宵節、上元節、中秋節都過十五，但是按古人的說法，十五的月亮十六圓。所以，元宵指的不是新年第一個新月的夜晚，而是指新年第一個圓月、滿月的夜晚。

元宵習俗：賞花燈、猜燈謎、踩高蹺、搖元宵

俗話說：「正月十五鬧元宵。」鬧元宵可不是在家安安靜靜吃了元宵就叫過節。古人過去講究儀式感，要集體一起歡慶熱鬧的。按民俗，這一天大家要出去賞花燈、猜燈謎、放鞭炮、踩高蹺、舞獅子舞龍，最後回家，才是闔家團圓吃元宵。

元宵這一天的圓滿熱鬧，以及吃得甜甜蜜蜜，其實都是對未來日子的一種祝福。說到這裡，我就不得不提湯圓和元宵了。其實，元宵跟湯圓從原料、外形到作法差別都很大，是兩種不同的東西。看上去雖然都是甜甜的小糰子，但是做的方式就不同，簡單來說，北方是搖元宵、滾元宵；南方是包湯圓、捏湯圓。北方做元宵是把餡料切成小塊蘸上水，然後放進圓竹筐的生糯米粉裡一併搖晃。邊搖邊灑點水，等到餡全都滾成了圓球，元宵就做好了，故稱為「搖元宵」。

這個場景我至今想起來還覺得特別親切。因為我外婆是東北人，從小就看外婆帶著我姨媽、舅媽，拿著大圓竹筐，裡面放滿了乾粉，把切好的餡料蘸上水往裡面一扔，那時候小孩最喜歡的，就是跟在大人旁邊搖元宵。

至於湯圓，是包出來的，就是把糯米粉攪和成像麵糰一樣的粉糰，然後把不同的餡料包進去，當然最後做出來的也是小圓球。這個場景我也熟悉，因為我奶奶是上海人，所以我一回爺爺家，常看見奶奶在包湯圓。其實，無論是搖元宵還是包湯圓，都是圖個

團團圓圓，吃個甜甜蜜蜜，讓全家人其樂融融。

元宵特別意義：未婚男女物色對象的浪漫節日？

過去在正月十五，大街小巷都是張燈結綵的。人們參加燈會的盛況發生在宋代，燈市特別壯觀。辛棄疾曾經寫過一闋特別著名、關於元宵節的詞：「**東風夜放花千樹。更吹落、星如雨。寶馬雕車香滿路。鳳簫聲動，玉壺光轉，一夜魚龍舞。**」[1]描寫了燈火明滅、熱鬧非凡，人們其樂融融的場景。

過去男女授受不親，很多大家閨秀的女孩子特別盼望過節，尤其每年的正月十五在習俗上是最開放的，因為大家都能夠出來看燈、相會。在古時候，平時男女真正能夠相見相交的機會不多，好多女孩子足不出戶，愈是大戶人家規矩愈多。到了元宵節，正是一個合理合法走出家門，去參與盛會的日子。傳統戲曲裡有好多相似的題材，陳三和五娘[2]就是元宵節賞花燈的時候一見鍾情；樂昌公主[3]和徐德言也是在元宵之夜破鏡重圓；《春燈謎》裡宇文彥和影娘也是在元宵節定情。這樣的例子太多了，所以，寒冬時節的浪漫節日莫過於元宵。

---

1 辛棄疾〈青玉案．元夕〉：
東風夜放花千樹。
更吹落、星如雨。
寶馬雕車香滿路。
鳳簫聲動，
玉壺光轉，
一夜魚龍舞。
蛾兒雪柳黃金縷。
笑語盈盈暗香去。
眾裡尋他千百度。
驀然回首，
那人卻在，
燈火闌珊處。

2 陳三、五娘出自《荔鏡記》，是廣東潮汕地區及福建閩南地區經常上演的傳統劇目。講述陳三在元宵燈會上與黃五娘邂逅，互相愛慕的故事。

3 樂昌公主是南朝陳宣帝之女，成語「破鏡重圓」講的就是她和丈夫徐德言的故事。

元宵小故事：一副對聯，讓王安石成大婚、中科舉

人們在那麼冷的天賞花燈，總得做點什麼，所以元宵不光是看燈，還要猜燈上的謎語，是個需要動腦筋、訓練智慧的場合。古典名著《紅樓夢》裡就留了好多燈謎，例如「**身自端方，體自堅硬。雖不能言，有言必應**」，猜猜是什麼？答案是：硯臺。

相傳宋神宗時主持新法的王安石，二十歲那年赴京趕考，恰逢元宵節，於是一邊走、一邊賞燈。他遇上大戶人家高懸走馬燈，燈一直轉著，下面有謎語。這個謎卻不是一般猜謎底的遊戲，而是招親的上聯，寫的是「走馬燈，燈走馬，燈熄馬停步」。王安石讀了以後，一時對不出來，就記在心裡，先去應考。考題正好是「飛虎旗，旗飛虎，旗卷虎藏身」。王安石馬上把他看見的招親上聯給對上了，結果他就被取為進士。返鄉途中路過那戶人家，聽說招親聯還沒人對上，他又把考試題目給對出來了，結果又被招為乘龍快婿。

這個巧合，成就了王安石兩大喜事：又成大婚，又登科中舉，成為一段佳話。當然，這只是傳說的故事。對對聯是文人雅趣，猜燈謎是百姓樂事，都是非常有趣的事。

無論是猜一個小小的謎語，還是對上一聯很講究的對子，都能在寒冬裡為大家心裡帶來智慧和溫暖。誰說猜燈謎不能啟發小孩的智慧？猜燈謎總比只埋頭玩電腦遊戲要實

在一些吧。所以，不妨問問家人，今天願不願意坐在一起猜幾個謎語？甚至對一副對聯？這才真的像過元宵節。

掃一掃QR Code，聽于丹老師講「元宵節」！

上巳節

三月三日天氣新，長安水邊多麗人

- 時間：農曆三月初三。
- 代表詩詞：一觴一詠，亦足以暢敘幽情。（王羲之〈蘭亭集序〉）
- 民俗：曲水流觴、曲水浮素卵、曲水浮絳棗。
- 代表飲食：雞蛋、紅棗。

幾遭遺忘，黃帝的誕辰紀念日

相信許多人都知道王羲之的書法作品〈蘭亭集序〉，行雲流水，遒美勁健，瀟灑飄逸，是書法藝術史上不可多得的瑰寶，享有「天下第一行書」的美譽。其實，〈蘭亭集序〉裡還記述了一個今天已逐漸被人們所淡忘的傳統節日，那就是三月三，上巳節。

有人說上巳節就是紀念黃帝誕辰的節日，中原地區自古就有「二月二，龍抬頭；三月三，生軒轅」的傳說，所以炎黃子孫理所當然會在每年的農曆三月初三紀念黃帝。上巳節也被稱為中國情人節、女兒節，這又是為什麼呢？接下來我們就來看看，這在歷史長河中漸漸被遺忘的節日吧。

上巳節，這名稱乍聽會讓很多人一頭霧水，其實這跟中國以干支紀日[1]的曆法有關。古代將農曆三月上旬的一個巳日稱為「上巳」。在漢代以前，上巳節都定在農曆

1 干支是天干與地支的合稱，古人記日時，由兩者經一定的組合方式搭配成六十對，大致約兩個月為一個周期，循環往復。

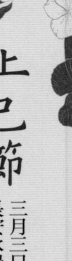

三月的第一個巳日。以干支曆法來計算，某月某日可以用某一干支來表示，但每年的這一天，卻不一定都固定為同一干支，也就是說，每年三月上旬的第一個巳日，對應的日子是變動的，為了省卻計算日子的麻煩，魏晉以後就把這節日固定在三月三日，不必再取巳日了，如同《宋書·禮志》裡記載：「**自魏以後，但用三日，不以巳也。**」

「巳」的造字原理以及演變過程

甲骨文·巳

甲骨文·巳

金文·巳

小篆·巳

小篆·包

接下來，我們來看「巳」這個字。「巳」的甲骨文有一點像在腹中生長的胎兒，胎兒頭很大，身體蜷縮著。

到了西周時期的金文，「巳」的字形變化並不大。後來的小篆，則用同一筆畫連接起整個文字，更接近生長中的胎兒形狀。這個說法，可以參考包裹的「包」字。

《說文解字》解釋「包」：「**包，象人裹**（古同「懷」）**妊，巳在中，象子未成形也。**」（「包」字就像人懷孕了，「巳」在「勹」（音同「包」）的裡面，像包裹在母親腹中還沒有成形、正在生長的胎兒。）清代研究《說文解字》

四大家之一的朱駿聲在《說文通訓定聲》裡也說：「**巳，似也。象子在包中形……方生順出為充，未生在腹為巳。**」都是指「巳」很像在腹中生長的胎兒。

然而，《說文解字》卻解釋「巳」是表示蛇：「**巳，已也，四月陽氣已出，陰氣已藏，萬物見，成文章，故巳為蛇，象形。**」（「巳」表示已經，代表四月這時候陽氣已經出來，陰氣已經藏匿，萬物出現，形成美麗的花紋和色彩，「巳」字形模仿蛇的形狀，所以「巳」表示蛇。）許慎的這個說法，並沒有正確解釋「巳」字的字形和本義。後來，「巳」被借用以表示地支的第六位，在十二生肖中對應蛇。

總結來說，在上巳節的名稱裡，「巳」字用的並不是它的本義，而是跟古代的干支曆法有關。

上巳節特別意義：中國情人節、女兒節

除了開頭提到三月三日相傳是黃帝誕辰這個說法之外，上巳節的起源，還有下述的傳說或是傳統。

古代最早的上巳節記載出現在漢代《周禮》鄭玄注：「**歲時祓除，如今三月上巳如水上之類。**」意指上巳節的起源和祓（音同「福」）除有關。「祓除」、「釁浴」都是古代除凶去垢的祭祀活動，人們希望洗浴能消除邪僻、災禍，進而得到純潔清淨。這種儀

式，其實和齋戒沐浴的作法有點類似，在這一天，人們會結伴到水邊洗浴，把身上的汙垢、災禍洗滌乾淨，祈求平安幸福。選在巳日進行的原因，東漢民俗學家應劭在《風俗通義》裡說明：「**巳者，祉也。**」意思是：在巳日這一天洗浴，既能夠祛災除病，又有祈求福祉降臨的願景。

這種活動可以追溯到春秋戰國時期，《詩經・鄭風・溱洧》裡就有細緻而精彩的描繪：「**溱與洧，方渙渙兮。士與女，方秉蕑兮。女曰『觀乎？』士曰『既且。』『且往觀乎！』洧之外，洵訏且樂。維士與女，伊其相謔，贈之以勺藥。**」寫的就是鄭國三月上巳節，青年男女結伴而行，手執蘭草在溱水和洧水岸邊遊春、洗浴的情景。這種活動一直流傳下來，到唐代依然非常盛行，杜甫的〈麗人行〉[2]也提到：「**三月三日天氣新，長安水邊多麗人**」，描繪了唐代長安城內三月三節日的盛景。所以後來，有著男女結伴遊春、祓除這些習俗的上巳節，就被看作中國情人節的起源之一了。

上巳節也稱為女兒節，這是因為古代少女的成人禮一般在這個日子舉行。成年女子會在這一天穿上漂亮的衣服，踏歌起舞，在水邊嬉戲遊玩，還會採蘭驅除邪氣，祈求吉祥如意。

除了祓除以外，上巳節後來又增加了祭祀宴飲、曲水流觴等內容，這些活動在魏晉時期發展得尤其鼎盛。在上巳節這一天，皇室貴族、文人雅士喜歡臨水宴飲（稱為曲水宴），並且進行曲水流觴的活動，而歷史上最著名的一次「曲水流觴」活動，就要數王

---

2 杜甫〈麗人行〉：
三月三日天氣新，
長安水邊多麗人。
態濃意遠淑且真，
肌理細膩骨肉勻。
繡羅衣裳照暮春，
蹙金孔雀銀麒麟。
頭上何所有？
翠微盍葉垂鬢脣。
背後何所見？
珠壓腰衱穩稱身。
就中雲幕椒房親，
賜名大國虢與秦。
紫駝之峯出翠釜，
水精之盤行素鱗。
犀箸厭飫久未下，
鸞刀縷切空紛綸。
黃門飛鞚不動塵，
御廚絡繹送八珍。
簫鼓哀吟感鬼神，
賓從雜遝實要津。
後來鞍馬何逡巡，
當軒下馬入錦茵。
楊花雪落覆白蘋，
青鳥飛去銜紅巾。
炙手可熱勢絕倫，
慎莫近前丞相嗔！

羲之與友人在會稽舉行的「蘭亭之會」了。曲水流觴，其實就是大家坐在河流兩旁，在上游放置酒杯，酒杯順流而下，停在誰面前，誰就取杯飲酒，有除去災禍的寓意。

接下來，我們來認識一下流觴的「觴」，這個字不單指酒杯，還有其他意思。

「觴」的造字原理

金文·觴

金文·觴

小篆·觴

「觴」的金文，左邊是「爵」，是表意的形符，右邊是「昜」（音同「陽」），是表音的聲符。後來小篆改為從角，昜聲。我們先來看先來看形符「爵」，其實「爵」就是商周時期青銅製的飲酒器，相當於今天的酒杯。

甲骨文·爵

甲骨文·爵

金文·爵

金文·爵

「爵」的甲骨文畫得非常具體，是一個高腳杯的形狀，到了西周時期的金文，更是活靈活現，看得出這種酒杯的形狀是圓腹的，前端有倒酒用的流口，後端有尾巴，旁邊有把手，下面有三個尖尖的高腳。至於這個字的讀音，有人說因為「爵」這種飲酒器的形狀特別像鳥雀靜立的樣子，所以就讀成「爵」這個音[3]。

3 上古時期，「爵」、「雀」聲韻調相同，讀音相同，今天在一些方言裡「爵」、「雀」的讀音依然是相同的。

根據「爵」的字義，可以知道「觴」的意思一定和酒杯、酒器有關。後來改為從「角」，構字的立意其實一樣，因為角就是兕（音同「四」）角，是古代犀牛一類獨角獸的犄角，也可以用來飲酒，而且比後來人造的青銅飲器更為原始。

上巳節習俗：曲水流觴、曲水浮素卵、曲水浮絳棗

東晉穆帝永和九年三月三日，王羲之與謝安、孫綽等四十一位文人雅士，在山陰（今浙江紹興）蘭亭舉行「修禊」的活動，飲酒賦詩，事後將各人的作品結集，「**引以為流觴曲水，列坐其次。雖無絲竹管弦之盛，一觴一詠，亦足以暢敘幽情。**」[4]（我們引溪水做為流觴的曲水，每人依次排列坐在曲水的旁邊，雖然沒有演奏音樂的盛況，但是喝點酒，吟些詩，也足以暢快敘述幽深內藏的情感了。）由此可見，曲水流觴這種勸酒取樂的活動，已經逐漸成為上巳節的主要風俗之一了。

和曲水流觴類似的還有「曲水浮素卵」和「曲水浮絳棗」的活動，是把煮熟的雞蛋或紅棗放在河水中，任其漂浮，誰撿拾到就把它吃了。只是宋代以後，理學盛行，主張「存天理，滅人欲」，封建禮教漸趨森嚴，上巳節男女結伴遊春洗浴、聚會暢談的風俗，被視為淫亂之行，所以上巳節逐漸衰微，以至於今天很多人並不了解這個節日。

4 出自王羲之〈蘭亭集序〉。

現今，三月三上巳節在中國西南的一些少數民族地區，依然是一個相當盛大的節日，譬如從雲南每年三月三日舉行的潑水節當中，依稀能夠看到古代上巳節祓除風俗的影子。但是其他大部分地區的很多人，都已經不了解這個節日的起源和相關風俗了。

寒食節

春城無處不飛花，寒食東風御柳斜

- 時間：農曆三月初十或十一。
- 代表詩詞：休對故人思故國，且將新火試新茶（蘇軾〈望江南·超然臺作〉）
- 民俗：禁火、請新火、冷食、祭掃、踏青、鞦韆、蹴鞠、鬥雞。
- 代表飲食：涼粉、涼麵、涼糕、炒奇。

唯一以飲食習俗來命名的節日

不知不覺，清明節快到了。其實在清明節前一兩天，古時候還有一個盛大的傳統節日，只是，這個節日後來被逐漸遺忘了。唐代詩人韓翃有首詩描繪了這個節日的場景：「**春城無處不飛花，寒食東風御柳斜。日暮漢宮傳蠟燭，輕煙散入五侯家。**」（暮春時節，長安城處處柳絮飛舞、落紅無數，寒食節的東風吹拂著皇家花園的柳枝。夜色降臨，宮裡都忙著傳蠟燭，裊裊炊煙散入王侯貴戚的家裡。）寫的就是寒食節。

寒食，顧名思義，就是指在這個節日，人們吃的都是涼的食物，因為這天禁火。詩中說「**日暮漢宮傳蠟燭**」，反映出在寒食節那天，普天禁火，但是權貴寵臣卻可以得到皇帝的恩賜，擁有燃燭的特權。唐代《輦下歲時記》裡也有「**清明日取榆柳之火以賜近臣**」的記載。接下來，就讓我們來重新了解這個被遺忘的節日吧。

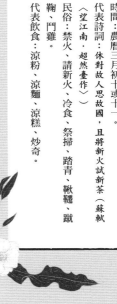

寒食節在清明節前一兩日，它是傳統節日中，唯一一個以飲食習俗來命名的節日。在這一天，家家戶戶都禁炊煙、火燭，只能吃冷食。會有這樣的習俗，是因為相傳寒食節的起源和春秋時期的名臣介子推有關。故事得從《春秋左氏傳》裡「**晉公子重耳出亡**」的記載說起。「出亡」表示出走、逃亡，「亡」的本義也是出走、逃亡，而不是今日常用的死亡、丟失這些意思。接下來，我們先從字形看起。

「亡」的造字原理以及演變過程

甲骨文·亡

甲骨文·亡

金文·亡

小篆·亡

「亡」的甲骨文，字形像人躲到隱蔽的地方。

再看金文和小篆，「亡」的字形上出現彎曲變化，比甲骨文更清楚呈現人逃往隱蔽地方的樣子。後來的小篆，字形演變是一脈相承的。

而《說文解字》解釋：「**亡，逃也。**」本義就是出走、逃跑。從「亡」的字形分析，可以知道，這個字是以「人逃跑躲到隱蔽的地方去了」這個造意來表示出走、逃跑的本義，例如所謂的「亡命天涯」，就是指一個人流亡到極遠的地方，而且它更側重於逃跑之後，流浪在外的情況。就像《左傳．昭公十三年》記載的「晉公子重耳亡十九年」，其中「亡十九年」就是指到處奔走了十九年。

從另一個字「氓」，我們可以看出「亡」意義的演變。「氓」由「亡、民」構成，意思是逃離了鄉土，或是從主人家出逃的人；既然人出走、逃跑，等同於沒有這個人了，所以「亡」又引申出喪失、丟失的意思。例如「亡羊補牢」就是用引申義，這個成語出自《戰國策．楚策》：「見兔而顧犬，未為晚也；亡羊而補牢，未為遲也。」「亡羊」指羊走失，而再去修補羊圈，還不算晚。比喻出了問題以後想辦法補救，可以防止繼續受損失。

「亡」今日最常用的意思則是死亡，例如「國破家亡」、「人為財死，鳥為食亡」、「順我者昌，逆我者亡」等等，這又是從喪失、丟失再引申而來。人出走他鄉或是從主人家逃跑以後，古時候的戶籍紀錄，人不見就只能標注「亡」。標注了「亡」的人，名字雖然在籍，可是人已不再存在，所以「亡」和「存」就構成了一對反義詞，例如諸葛亮的〈出師表〉：「今天下三分，益州疲敝，此誠危急存亡之秋也。」後來，慢慢地「亡」就引申出人事物不存在於世上的意思，對人來說就是死亡；對國家、民族來說，就是滅亡。

寒食節起源：晉文公燒死介子推，祭悼忠臣的節日

回到寒食節的起源。「晉公子重耳出亡」故事說的就是「驪姬之亂」之後，晉公子重耳為了躲避禍害，離開了晉國都城，避難奔逃，在國外八個諸侯國之間流亡了十九年，直至六十二歲才回國登基當國君，重掌政權，日後成為「春秋五霸」之一的晉文公。在他流亡過程中，有一批誓死追隨的忠臣，其中包括寒食節的主角介子推。相傳他在重耳出亡的時候，曾經「割股啖君」。

小篆·股

「股」可不是今天我們說的屁股，它的小篆左邊是肉月旁，右邊是「殳」（音同「書」），所以我們可以斷定這個字義和肉有關，大概是人體結構的一部分。《說文解字》解釋：「**股，髀**（音同「必」）**也。從肉殳聲**。」「髀」就是大腿。成語「懸梁刺股」，記述蘇秦讀書昏昏欲睡，為了振奮精神，他拿起小刀「刺股」，刺的就是大腿。

《韓詩外傳》記載：重耳逃入衛國國境時，名為頭須的小臣負責管理錢財，卻偷光了重耳的資金與糧食，逃入深山。重耳沒有糧食，飢餓到難以行走，介子推毅然割下自己大腿上的肉供養重耳。這樣捨身成仁、忠心護主的臣子理應得到重賞，可是晉文公回國成為國君以後，分封群臣，唯獨介子推不願受賞，還帶著老母隱居到綿山。後來晉文公親自到綿山請介子推，介子推還是不願為官，躲避在山裡。晉文公聽信讒言，放火焚

山，原意是想逼介子推露面，結果介子推抱著母親被燒死在一棵大柳樹下。為了紀念這位忠臣義士，晉文公下令：介子推死難之日不能生火做飯，只能吃冷食。後來，唐代詩人盧緯卿還特別寫一首關於寒食節起源的詩歌：「**子推言避世，山火遂焚身。四海同寒食，千秋為一人。深冤何用道，峻跡古無鄰。魂魄山河氣，風雷御宇神。光煙榆柳滅，怨曲龍蛇新。可嘆文公霸，平生負此臣。**」這就是寒食節的起源。

寒食節習俗：

禁火、請新火、冷食、祭掃、踏青、鞦韆、蹴鞠、鬥雞

從春秋時期到今天，寒食節已經有兩千多年的歷史了。寒食節剛剛興起的時候，只是禁煙火，吃冷食，後來逐漸發展出祭掃、踏青、鞦韆、蹴鞠、鬥雞等風俗。

「禁火」是一個很有趣的風俗，除了禁止舊火，還有請新火的意蘊。每到初春季節，家中保存的火種很容易因為氣候乾燥而引起火災，而且春雷也容易引發山火。所以古人在這個季節進行隆重的祭祀活動，把上一年傳下來的火種全部熄滅，即是「禁火」，然後重新鑽燧取出新火，做為新一年生產和生活的起點，稱之為「改火」或是「請新火」。

宋代王禹偁〈清明〉一詩，雖題為清明，但也提到了寒食節「請新火」的風俗：

「無花無酒過清明，興味蕭然似野僧。昨日鄰家乞新火，曉窗分與讀書燈。」蘇軾〈望江南．超然臺作〉[1]也描寫寒食之後詩人請新火、煮茶、品茶的活動：「**休對故人思故國，且將新火試新茶。**」

踏青也稱為踏春，盛行於唐宋。明代《帝京景物略》裡有描繪寒食、清明期間踏青的情景：「**歲（寒食）清明日，都人踏青，輿者，騎者，步者，遊人以萬計。**」

由於寒食、清明這兩個節日在時間和習俗上都非常相近，久而久之，兩者便合為一個節日。清明節成為四大傳統節日之一，而寒食節逐漸被遺忘，甚至很多年輕人都不知道，在清明前一兩天還有一個節日叫寒食節。

至於寒食涼的食物，有寒食粥、寒食麵、春酒、新茶、清泉甘水等等。寒食節的發源地在山西介休綿山，所以山西一帶至今還保留一些這個節日的傳統。山西民間禁火寒食的習俗多為一天，只有少數地方仍然習慣禁火三天。晉南地區習慣在寒食節吃涼粉、涼麵、涼糕等等，晉北地區則習慣以「炒奇」（將白麵蒸熟後，切成骰子般大小的方塊，晒乾後用土炒黃）做為寒食的食物。

今天人們大多「只知清明，不知寒食」了，寒食節已悄無聲息地融入清明節，逐漸被人們遺忘。可是從傳統習俗的傳承來看，清明節也同樣悄悄地吸收了很多寒食節的習俗和文化內涵。

---

1 蘇軾〈望江南．超然臺作〉：
春未老，
風細柳斜斜。
試上超然臺上望，
半壕春水一城花。
煙雨暗千家。
寒食後，
酒醒卻咨嗟。
休對故人思故國，
且將新火試新茶。
詩酒趁年華。

端午節

五色新絲纏角粽，菖蒲酒美清尊共

・時間：農曆五月初五。
・代表詩詞：五月榴花妖豔烘。綠楊帶雨垂垂重。（歐陽修〈漁家傲・五月榴花妖豔烘〉）
・民俗：吃粽子、賽龍舟、掛菖蒲、戴香包、喝雄黃酒。
・代表飲食：粽子、菖蒲酒、雄黃酒。

挨家挨戶送粽子的歡慶節日

「五月榴花妖豔烘。綠楊帶雨垂垂重。五色新絲纏角粽。」[1]每到端午節，家家戶戶應該都飄著粽子的香氣。不過南北習俗大不同：北方愛吃甜粽子，南方愛吃鹹粽子。但是現在的家庭很少自己包粽子了，還記得在我小時候，端午節前外婆就會蒸江米（糯米）、泡粽葉，等到端午節時把江米盆、粽葉盆都搬到院子，坐在樹底下把粽葉一條條順開，包出不同口味的粽子。我跟表妹在旁邊，拿著藍、黃、紅色的絲線，分別纏上棗粽子、豆沙粽子等等不同餡料的粽子。粽子煮完了以後，我要先端著小圓竹筐去巷弄裡，挨家挨戶送粽子給鄰居嘗鮮。

我很懷念當時的端午節，因為家裡有儀式感，而且老北京街坊的熱情都還在。過節，其實就是這樣順著一種又一種食物的香氣，追溯節日最早的源頭。

1 宋代歐陽修〈漁家傲・五月榴花妖豔烘〉：五月榴花妖豔烘。綠楊帶雨垂垂重。五色新絲纏角粽。金盤送。生綃畫扇盤雙鳳。正是浴蘭時節動。菖蒲酒美清尊共。葉裏黃鸝時一弄。猶瞢忪。等閑驚破紗窗夢。

每年五月初五的端午節，又稱為端陽節、午日節、五月節、龍舟節……等等，總而言之，這是個大節日，節日的命名本身就大有來歷。說到「端」，大家或許會想到李商隱的〈錦瑟〉[2]：**「錦瑟無端五十弦，一弦一柱思華年」**，「無端」是沒有原因、平白無故之意，現今則經常用「這一端、那一端」指明位置，接下來，我們就從字形看「端午節」的「端」，跟「無端」「這一端」有什麼關聯？

「端」的造字原理以及演變過程

小篆．端

「端」字的小篆，左邊是個「立」，右邊是「耑」。《說文解字》說明「端」就是「直」的意思，例如陝西方言「端走」，不是指把桌上食物端走，而是指直走，例如端行、端走，都是指一個人直著向前走，後來引申出了正直、公正的意思。《孟子．離婁篇》：「**夫尹公之他，端人也，其取友必端矣。**」「端人」就是指正直的人。

甲骨文．耑

而東西的「一端」、事情的「開端」字義，則要看甲骨文「端」字的右半邊「耑」才能明白。「耑」中間一橫是土地，字形分成上下兩部分，上面是植物剛剛長出枝葉的樣子。下半部是地下的盤根錯節。

2李商隱〈錦瑟〉：
錦瑟無端五十弦，
一弦一柱思華年。
莊生曉夢迷蝴蝶，
望帝春心托杜鵑。
滄海月明珠有淚，
藍田日暖玉生煙。
此情可待成追憶？
只是當時已惘然。

金文．耑

春秋晚期「耑」的金文筆畫更簡潔明瞭，中間的土地表示分隔的意味更明顯，上下分為兩部分也更清楚。

小篆．耑

到小篆的時候，「耑」的字形更線條化、抽象化，仍是指植物初生，這時候《說文解字》才有解釋：「**耑，物初生之題也。上象生形，下象其根也。**」「題」就是題頭，是萬物起始的頂端，這就是「端」的本義，指「開端」和「頂端」。清代《虞初新志．口技》[3]形容口技藝人的表演技藝特別高超，說：「**雖人有百手，手有百指，不能指其一端；人有百口，口有百舌，不能名其一處也。**」其中「一端」就是指開端；又例如今日所謂命「題」作文，文章扣「題」也是用「題頭」這個意思。

段玉裁在解釋「耑」字的時候說明：「**古發端字作此，今則端行而耑廢。**」可知使用「端」字後，不加「立」的這個「耑」字就廢除，沒有人再用它了。

「午」與「五」的造字原理以及演變過程

回過頭來說端午節。農曆每月有三個五日（初五、十五、廿五），「端五」就是頭一個五日的意思，正如元代的陳元靚在《歲時廣記》[4]裡記載：「**京師市廛人，以五月初

3 《虞初新志》，清朝張潮選編，是一本明末清初中國文言短篇小說集。〈口技〉選自《虞初新志．秋聲詩自序》，描寫了一場精采逼真的口技表演。

4 《歲時廣記》，南宋末年陳元靚編撰，是一部包羅南宋之前歲時節日資料的民間歲時記，是人們研究歲時節日民俗的一本重要資料匯編。

一為端一，初二為端二，數以至五謂之端五。」

至於「午」，《說文解字》解釋：「**午，啎也，五月陰氣午逆陽，冒地而出。**」意思是「午」字有忤逆、逆反的意思，五月時陰氣跟陽氣會相互衝撞，所以到了端午，人們為了應付陰陽衝撞之氣，必須驅邪去病。現在「午」則多指中午、午後、午夜。「午」也被用來表示地支的第七位，和天干相配用來紀年。當它紀月的時候，就是農曆的五月，「五」跟「午」同音，端午節又正好月日數相同，因此也稱為重午節、重五節、五月節。

另一個問題是，「中午」的「午」和數字的「五」，彼此間有什麼關係嗎？我們可以從字形來看。

甲骨文·五

金文·五

小篆·五

「五」最早的甲骨文筆畫很簡單，就是五橫。到了金文和小篆，「五」的字形逐漸演變。《說文解字》解釋：「**五，陰陽在天地之間交午也。**」「五」的中間是一個「ㄨ」（音同「五」），中間構形的「ㄨ」指陰陽二氣在天地之間的交錯，所以「五」的本義是時光在正午、交午時候縱橫交錯。林義光在《文源》裡說明：「**五，本義就是交午，假借為數名。**」亦即「五」和「午」兩字，存在通用的情況，重午節、端午節和五月節，都是同一個意思。

端午節起源：百越民族敬拜「龍」的祭祀節日

一提端午節，大家都知道這個節日跟中國的大詩人屈原有關。司馬遷在《史記・屈原賈生列傳》裡記載：屈原是楚國人，而且與楚王同姓，是楚懷王的大臣，很受器重。當時，齊楚燕韓趙魏秦這七雄當中，只有北方的秦、南方的楚、東方的齊，這三家有實力統一天下，其中楚是齊和秦爭奪的焦點。在秦楚爭霸、合縱連橫的最後階段，可以說誰能聯合楚國，基本上就能夠打敗另外一家。

屈原舉賢舉能，力主聯齊抗秦，卻遭到了令尹子蘭和大夫靳尚的強烈反對。結果，楚懷王被秦國扣留做了人質。屈原被流放，離開了郢都，到了湘水流域。秦軍大破郢都，屈原萬念俱灰，他寫下〈九章〉中的〈懷沙〉以後，在農曆的五月初五投汨羅江自盡。他投江以後，楚國的老百姓們趕緊划船相救，一直划到洞庭湖，卻根本沒有見到屈原的屍身。人們怕江河裡的魚吃掉他的身體，於是回家拿來米糰投進江裡，想讓那些魚鱉蝦蟹全都吃飽，不再去咬屈原的身體。

南朝梁代吳均寫的《續齊諧記》[5]裡記載：「**屈原以五月五日投汨羅水，而楚人哀之，至此日，以竹筒貯米，投水以祭之。**」我們可以知道，從最早的竹筒，到後來的粽子，當然還有人往江裡倒雄黃酒，目的都是要讓蛟龍水獸吃飽、頭暈，不讓牠們傷害屈原。

5《續齊諧記》，南朝梁吳均撰，是一本古代中國神話志怪小說集。

除了紀念屈原之外，端午節的起源還有一個民間說法：相傳，端午節是古代百越地區崇拜龍圖騰的部落進行祭祀的節日。在五月初五前後，百越地區會舉行龍舟競渡來進行圖騰祭祀。聞一多先生在〈端午考〉曾經說過：「端午節就是龍的節日。」百越民族認為自己是龍的傳人、龍的子孫，因此舉行賽龍舟。

在端午節，無論吃粽子，還是賽龍舟，不同的起源、不同的解釋，到了今天，還繼續沿襲。

端午節習俗：吃粽子、賽龍舟、掛菖蒲、戴香包、喝雄黃酒

端午節還跟人們的保健養生有關，因為這時候天氣已經熱起來，疾病多發，病菌也都開始活躍，人們要驅邪、去病，因此很多地方都會懸掛菖蒲、艾葉，放風箏、喝菖蒲酒、喝雄黃酒。所謂「清明插柳、端午插艾」，艾草、菖蒲、雄黃酒、菖蒲酒的用途都是殺菌，白娘子喝了雄黃酒現出原形，就和這種酒很烈、可以殺菌的功能有關。除此之外，這時候媽媽還會幫小孩掛五彩紅繩、佩戴香包。

其實很多中國的節日、節氣，都來自於文化、養生、地方習俗，或是人們對於習俗的心理認同。時至今日，大家有了更先進的去病、保健方式，已經不太用艾草、雄黃酒，但是屈原的名字依然流傳了下來，吃粽子的習俗現在也仍舊在流傳；如今，賽龍舟

也不再有那麼多人參與，但已轉變成表演項目，更多人把它看作是詩歌節，詩意反而在人們的心中開展。如果家家戶戶都繼續包粽子、唸詩歌，那麼我相信就算時間拉得再怎麼長，端午的儀式感還是離我們不遠的。

七夕節

天階夜色涼如水，臥看牽牛織女星

- 時間：農曆七月初七。
- 代表詩詞：兩情若是久長時，又豈在朝朝暮暮。（秦觀〈鵲橋仙〉）
- 民俗：乞巧市、穿七孔針。

七月初七：古代吉數，中國的數字崇拜

七夕如今被當成「中國版的情人節」，一提這個節日，大家都會想到牛郎織女鵲橋相會的故事。以前，爸爸會要我往天上看，講牛郎織女的故事給我聽。小時候看星星，其實也看不出來什麼神話的形態，但是那些浪漫的想像就在大人的傳說裡。我還記得在很小的時候，爸爸會教我背杜牧的〈秋夕〉：「銀燭秋光冷畫屏，輕羅小扇撲流螢。天階夜色涼如水，臥看牽牛織女星。」七夕正值大夏天，都是熱風，小孩燥熱，渾身都是汗，我總是覺得悶熱，困惑哪有「天階夜色涼如水」呢？

七夕又被稱為乞巧節、女兒節。農曆七月初七因為有牛郎織女這樣浪漫的故事，因此成為傳統中最具浪漫色彩的一個節日，得到女孩子許多的關注。做為一個務實的農耕民族，中國人整體的浪漫色彩其實是不太強的，幸虧我們還有這樣一個有神話和詩詞的

七夕。

那麼，你有想過為什麼七夕在七月七呢？其實，這是來自於人類對自然星宿的一種神秘嚮往和崇拜。

七月七是中國古代的一種數字崇拜的表現。中國數字分陰陽，正月正、三月三、五月五、七月七、九月九，都是陽數。正月正是一年的開始，三月三是踏春時節，五月五是端午，七月七是七夕，九月九是重陽。此外，雖然二、六屬於陰數，但是預示好事成雙的二月二和三的倍數六月六，也算是吉數。加上前面五項，這七項都稱為吉慶日。

「七」很有意思，算盤每列的珠子數都是七個。可見「七」這個數字，既是浪漫、傳奇、神話的，同時又是務實、嚴謹、中庸的，有一種神祕之美。

「七」與「夕」的造字原理以及演變過程

甲骨文·七

甲骨文·十

「七」的甲骨文字形，筆畫有一大橫一大豎，表示東西從中間被切斷。所以「七」字原來是「切」字的初文（初期寫法）。雖然看起來像現今寫的「十」，但其實「十」的甲骨文字形只是一豎。

中國很早以前，就已經有了十進位制，記數的時候先是用象形表示：一是一橫，二

金文·十

小篆·十

是兩橫，三是三橫，四是四橫，到五就變了；再到了「十」的金文，就在中間加了一個小點。小篆的時候，「十」才接近如今的字形。

七

「十」的古文字形與「七」的區別在於：「十」是橫短豎長，「七」是橫長豎短。後來，「七」的豎畫又彎曲了，變成一個豎彎鉤的筆畫，接近我們現在所用的字形。

甲骨文·夕

甲骨文·月

接著，我們再來看「夕」。「夕」的甲骨文像月初的形象，原來「夕」跟「月」本來是同一個字，後來才分化成兩個字。

《說文解字》解釋：「**夕，莫也。**」「莫」就是暮夜的「暮」。人們只有在晚上才能看得見星星，牽牛星和織女星也在這個時候出現，所以就把這個時分稱為七夕。

七夕傳說：仙女與凡人戀愛的標準故事設定

數字的「七」跟夫妻的「妻」同音，所以七夕節跟女人的關係很深。七夕節一直跟《牛郎織女》的故事相連，和《孟姜女傳》、《白蛇傳》、《梁山伯與祝英臺》，並列中國古代民間著名的四大傳說。傳說織女是天帝之女，她下凡以後愛上了樸實的牛郎，也嫁了牛郎，生活很美滿，有一兒一女。但是，後來被王母娘娘派人抓回去。

牛郎帶著一對兒女追趕的時候，王母娘娘拔下簪子，在他們兩個人之間劃出了一道天河。從此，這兩人每年只有到七月七，在遙遙的天河兩岸，透過喜鵲搭起的鵲橋，才能夠走到中間相會一次。這個故事很美，但是也很憂傷，因為它全部的魅力就在於那種悠長的期盼。如果是永無歸期，或許它會讓人心如止水，但偏偏一年又有一次相會。

因為織女心靈手巧，所以每逢七月七，凡間的女子會晚上偷偷向織女祈求智慧和靈巧的技藝，同時悄悄在心裡許願，希望織女保佑更多人間的女子有美滿姻緣，不再受分離之苦。

其實，《牛郎織女》的故事跟七仙女愛上董永、白娘子愛上許仙都是同一類的。在古代的故事裡，仙女下嫁的凡人通常讀書或者耕田，耕讀傳家，忠厚守本分，所以才有好福氣。

在這樣的夜晚，大人就經常講故事給孩子聽：「你看見牛郎了嗎？牛郎扁擔上面挑著兩個竹筐，一邊是他兒子，一邊是他女兒。你看見織女過來了嗎？你看見他們在一起相會了嗎？大家都悄悄躲在葡萄架底下、瓜地旁邊偷聽，能聽見兩個人說悄悄話嗎？」我從很小的時候就聽著外婆講牛郎織女的故事，也聽爸爸教我背杜牧的〈七夕〉和秦觀的《鵲橋仙》。那個時候過七夕，北京的院子裡還有習習涼風，也有大把優閒的時光。外婆還是用芭蕉葉的大蒲扇撲打著蚊子，坐在院子裡教我看星星、聽詩詞。

宋詞裡的七夕：兩情若是久長時，又豈在朝朝暮暮

這故事是代代相傳的美麗傳說，在人們的心裡留下了多麼美麗的遺憾，傳到了詩詞裡，又有了深邃的優美和憂傷。秦觀寫的〈鵲橋仙〉，就發生在這樣的夜晚：「纖雲弄巧，飛星傳恨，銀漢迢迢暗度。金風玉露一相逢，便勝卻人間無數。柔情似水，佳期如夢，忍顧鵲橋歸路。兩情若是久長時，又豈在朝朝暮暮。」

我很小的時候就會背誦〈鵲橋仙〉，一想到「金風玉露一相逢，便勝卻人間無數」，就會難過的想到他們終歸要「忍顧鵲橋歸路」，終歸要面對依依不捨的離散。詩人為了安慰自己，說出了如此經典的一句話「兩情若是久長時，又豈在朝朝暮暮」，被多少人間分離的戀人傳誦了千年。

漢代古詩裡的七夕：迢迢牽牛星，皎皎河漢女

牛郎織女的傳說，早在西周的時候就有了雛形。古人觀測天象，發現銀河北濱的三顆星辰的運動規律猶如織布梭，因而取名為織女星，跟它相對的那顆星就取名叫牽牛星。《詩經．小雅．大東》裡面就有這樣的句子：「維天有漢，監亦有光。跂彼織女，終日七襄。雖則七襄，不成報章。睆彼牽牛，不以服箱。」其中「雖則七襄，不成報

章」，意思是：織女星每天織布，但是並沒有織成一段完整的紋理，牽牛星也只是徒然牽著它的那一頭牛。程俊英教授把這首詩翻譯成了現代文，讀起來大概是這樣：「天上銀河雖寬廣，用作鏡子空有光。織女星座三隻角，一天七次移位忙。雖然來回移動忙，不能織出好花樣。牽牛星兒亮閃閃，不能用來駕車輛。」

到漢代的時候，〈古詩十九首〉中有更著名的一首詩：「迢迢牽牛星，皎皎河漢女。纖纖擢素手，札札弄機杼。終日不成章，泣涕零如雨。河漢清且淺，相去復幾許。盈盈一水間，脈脈不得語。」這首詩主題雖然是天上二星，但是人物形象已呼之欲出了。在這首詩裡，「盈盈一水間，脈脈不得語」，呈現出最遠的距離、最近的情意，也是我們今天依然傳誦的名句。

唐詩裡的七夕：天長地久有時盡，此恨綿綿無絕期

而唐代跟七夕有關的詩句，多跟唐玄宗有關，例如白居易〈長恨歌〉：「七月七日長生殿，夜半無人私語時。在天願作比翼鳥，在地願為連理枝。天長地久有時盡，此恨綿綿無絕期。」一想當年，唐玄宗和寵妃楊玉環濃情蜜意，在七夕的時候，還感嘆牛郎織女多不幸，一年只能相會一次，不比兩人可以在長生殿日日廝守。這互相廝守的密誓，在馬嵬驚變的時候不堪一擊，以至於後來詩人們在追溯這一段史實的時候，不免大發感

慨。像李商隱寫下的〈馬嵬〉[1]，就重新回到了當時的場景，他替楊貴妃說：「**此日六軍同駐馬，當時七夕笑牽牛。如何四紀為天子，不及盧家有莫愁。**」（今天六軍駐馬不發，非要處死我楊氏兄妹，你可曾記得當年我們在七夕長生殿上，笑看牽牛織女星許下的祕密誓言嗎？為什麼你做了四十年的天子，還不如一般人，保不住自己心愛的女人呢？）所以，七夕這個日子，既是美麗的，也是憂傷的。

七夕傳統：男子求功名，女子乞巧

除了牽牛星、織女星之外，中國對東、西、南、北還各定義七個代表方位的星宿，合稱為二十八宿。其中，北斗星最亮，是夜行人在夜間的方向指標，而北斗七星的第一顆星星叫魁星，後來人們就把科舉中狀元的人，稱為「奪魁」。古代讀書人如果想求取功名，就會在七夕這天祭拜，祈求保佑自己文運亨通，因此七夕也稱為魁星節。

女孩也會在這個時候乞巧，因為古代的女孩覺得心靈手巧才能嫁好人家。所以在東晉葛洪《西京雜記》[2]裡面就記載：「**漢彩女常以七月七日穿七孔針於開襟樓，人俱習之。**」這是最早有關乞巧的紀錄。到了五代的時候，詩人王建的〈宮詞〉也說：「**闌珊星斗綴珠光，七夕宮嬪乞巧忙。總上穿針樓上去，競看銀漢灑瓊漿。**」可見，七夕這個日子，既有讀書人的智慧，又有女人的靈性。

1 晚唐李商隱〈馬嵬．其二〉：海外徒聞更九州，他生未卜此生休。空聞虎旅傳宵柝，無復雞人報曉籌。此日六軍同駐馬，當時七夕笑牽牛。如何四紀為天子，不及盧家有莫愁。

2 《西京雜記》，漢代劉歆撰，東晉葛洪輯抄，其中「西京」指的是長安。該書是一本記述西漢雜史的古代歷史筆記小說集。

七夕習俗：乞巧市、穿七孔針

到了宋元之後，市井商業發達，商人趁著人人心中都有對愛情長久的期盼，專賣乞巧物品的市場便興盛起來，稱為乞巧市。在宋代筆記《醉翁談錄》[3]裡曾記載：「**七夕，潘樓前買賣乞巧物。自七月一日，車馬嗔咽。至七夕前三日，車馬不通行，相次壅過，不復得出，至夜方散。**」「嗔咽」跟「壅遏」意思差不多，都指車水馬龍，人走都走不出去，形容乞巧市上購物的盛況。由此可知，人們從七月初一就出來買乞巧的物品，一直到七夕，差不多一個星期，人流如潮，熙熙攘攘，宛如盛大的節日。

此外，《荊楚歲時記》也有記載說：「**農曆七月七日為牛郎織女聚會之夜，婦女結彩縷，穿七孔針。陳瓜果於庭中，以乞巧。**」七孔針是一根很細的針，女孩們進行乞巧活動的時候，要眼望著天，雙手背在後面穿針。誰先穿進，這個人就稱為「得巧」，而手忙腳亂穿不進針，最後一名就是「輸巧」。當然這只是一個遊戲，現代人穿針孔，誰手背在背後還能穿得進針？如今，這些民間習俗有些已經消失，讀書人也不再為了考取功名、奪魁星般地許願了，甚至就連七夕最原始的相思意味，今天也都淡了。

七夕節還適合我們思考一個意味深長的問題：相比於過去的牛郎織女，現代的通訊

3《醉翁談錄》，宋羅燁、金盈之輯，是一部記載唐代遺事、宋人詩文和宋代京城風俗的著作。

工具解決了相思之苦，有電話、網路；交通工具也有飛機、高鐵。但是相思本身還在嗎？一個個傳統節日，從一個個漢字了解下去，背後有著這麼多的含義，走到今天，我們還會真正過節嗎？七夕的神話還活在今天嗎？我們心裡的相思還堅守著嗎？這大概才是我們仰望星空，真正的意義所在。

掃一掃QR Code，聽于丹老師講「七夕節」！

中元節

絳節飄飄宮國來，
中元朝拜上清回

・時間：農曆七月十五。
・代表詩詞：看著中元齋日到，自盤金線繡真容。（王建〈宮詞〉）
・民俗：齋醮、放河燈、祭祀。
・代表飲食：祭祀用的各種食物、蔬果。

「天地有中氣，第一是中元。」[1] 農曆七月十五是傳統的「中元節」，這個節日在民間還有幾種不同的稱呼，如：七月半、鬼節、施孤，佛教則稱盂蘭盆節，接下來我們來了解一下這個節日。

中元節與道教：為「亡魂赦罪」的祭祀日

中元節，民間多俗稱「鬼節」，是中國傳統的亡靈節。傳說這天，地府洞開，鬼魂四出，所以民間有「七月半，鬼亂竄」的說法。有人祭祀者，回家接受子孫的祭拜；無人祭祀者，就由公眾請佛道舉行法事普度，避免孤魂野鬼流浪作害，亡靈祭祀因此成為中元節的節日主題。

中元節是從上古秋祭習俗的基礎上發展而來的；秋祭，是指人們會在秋天這個收穫

1 宋代劉辰翁〈水調歌頭・天地有中氣〉：天地有中氣，第一是中元。新秋七七，月出河漢鬥牛間。正是使君初度，如見中州河嶽，綠鬢又朱顏。莖露一杯酒，清徹瑞人寰。大暑退，潢潦淨，彩雲斑。三壬三甲厚重，屹不動如山。從此五風十雨，自可三年一日，香寢鎮獅蠻。起舞願公壽，未可願公還。

的季節，舉行向祖靈獻祭的儀式，將成熟的穀物先獻給自己的先人，一方面是為了報答祖先的蔭庇，另一方面是為了讓神靈優先享用時令佳品，以免降下災禍。這種孟秋獻祭的儀式，在古代被稱為「嘗新」、「秋嘗」等。

而「中元」之名，大概是魏晉南北朝時期道教的說法，道家將正月十五、七月十五、十月十五這三個月圓之夜，定為：上元、中元、下元，分別為天官、地官、水官的誕辰，形成了天官賜福、地官赦罪、水官解厄的三元節。上、中、下並舉，可知「中」在這裡表示中間之義。

中元節與佛教：報答養育之恩的「孝親節」

人們將中元節祭祀的日期定在農曆七月十五，因為這天是下半年的第一個望日，一般也是立秋之後的第一個月圓之夜，此時陰氣旺盛，因此在這天祭祀亡靈最適合。

佛教也在這一天舉行超度法會，稱為「盂蘭盆會」。「盂蘭」是古印度梵語的音譯，意為倒懸，形容死亡之人的痛苦；「盆」的意思是「救器」，指盛放供品的器皿，合起來意思便是「救倒懸之器」，後來衍生為：用盆子裝滿百味食品，供養佛陀和僧侶，以拯救入地獄的苦難眾生。

佛教典籍《盂蘭盆經》還記載了「目連救母」的故事，說明了盂蘭盆節的起源：目連是釋迦牟尼的弟子之一，他的母親青提夫人年輕貌美，卻無嘉言懿行，為人刻薄，仇視僧人，死後被打入惡鬼行列而飽受折磨。目連為了救他的母親，遵照佛祖的指點，在農曆七月十五這一天，恭敬地安設盛大的盂蘭盆供奉，呈上各色食品，供養十方的僧眾，使他的母親能夠脫離困厄。

有鑒於此，佛祖就要求佛門弟子盡心行孝，於每年的七月十五舉行盂蘭盆法事，供養僧眾，同時也報答父母的養育之恩。於是，每年七月十五的盂蘭盆節就逐漸演變成弘揚佛法的「孝親節」。

「中」的造字原理以及演變過程

甲骨文·中

甲骨文·中

「中」甲骨文字形，所表示的含義，學者有兩種理解：一種觀點認為，「中」就像一面旗幟插在中央，這與商代立旗以觀測風向有關。所以「中」也就有了中間、中央等義（參見趙誠《甲骨文簡明字典》）。另一種觀點認為，「中」像一架測天儀，中間一豎表示測天儀的立架，是安裝在立架上的瞭望臺，以供古人觀測天象，上面類似飄帶的東西，就是用來測量風向（參見李圃《甲骨文選讀》）。

「中」的金文，沿襲了甲骨文的常見寫法。小篆字形較不一樣，但甲骨文也曾出現

金文．中

小篆．中

類似字形。《說文解字注》解釋：「**中，內也。**」意思是「內」是「中」的引申義，如《周禮．考工記．匠人》：「**國中九經九緯。**」鄭玄注解：「**國中，城內也。**」

「元」字，前面篇章已經解說過（詳見頁一六五）。「元」是指事字，它的本義即表示人頭，如《爾雅．釋詁下》：「**元，首也。**」還可以引申為第一、開始等義，如人們用「連中三元」來形容古代科舉考試考生在鄉試、會試、殿試中均考得第一名，即考得解元、會元、狀元的情況。

宋代的中元節：佛道合一，成為盛大節日

唐朝時，中元節興盛起來，逐漸成為固定的節日。中唐詩人王建〈宮詞〉[2]寫道：「**看著中元齋日到，自盤金線繡真容。**」晚唐的李商隱也寫道：「**絳節飄飄宮國來，中元朝拜上清回。**」[3]都描繪了中元節的盛景。

到了宋代，中元節出現空前的變化，佛教的盂蘭盆節和道教的中元節合併成一個盛大的節日，並且得到了統治階級和民眾的普遍認可，發展出一系列豐富的節日活動，南宋周密《武林舊事》就記載各種活動：「**七月十五日，道家謂之中元節，各有齋醮等會。僧寺則於此日作盂蘭盆齋，而人家亦以此日祀先。例用新米、新醬、冥衣、時果、**

2 王建〈宮詞〉：
燈前飛入玉階蟲，
未臥常聞半夜鐘。
看著中元齋日到，
自盤金線繡真容。

3 李商隱〈中元作〉：
絳節飄飄宮國來，
中元朝拜上清回。
羊權須得金條脫，
溫嶠終虛玉鏡臺。
曾省驚眠聞雨過，
不知迷路為花開。
有娀未抵瀛洲遠，
青雀如何鴆鳥媒。

綵緞、麵棋，而茹素者幾十八九，屠門為之罷市焉。」

中元節習俗：放河燈、祭祀、燒冥衣、紙錢

明清時期，中元節習俗與宋代差不多，但在北方更重視放河燈，鄉村一般是上墳祭墓，如清代潘榮陛《帝京歲時紀勝》記載：「自十三日至十五日放河燈，使小內監持荷葉燃燭其中，羅列兩岸，以數千計。又用琉璃作荷花燈數千盞，隨波上下，中流駕龍舟，奏梵樂……結伴呼群，遨遊於天街經壇燈月之下，名門燈會，更盡乃盡。」

時至今日，農曆七月十五這天，仍然保留著許多中元節的傳統，如祭祀習俗。七月初的時候，在城市街道中就可以看到成山的祭品：冥紙、冥衣、靈屋、線香、鞭炮，琳琅滿目，初十之後便要打掃廳堂，放置香案、祖先牌位、酒肴果品，以迎先人。到了十五日，就焚燒冥衣、紙錢、靈屋等，祭奠逝世的親人長者。

另外，中元節放河燈的習俗也流傳下來。河燈也稱為荷花燈，是在底座上放燈盞或蠟燭，在七月十五這天夜晚放入江河之中，任其漂流。放河燈的目的，據說是為了普度水中的水鬼和其他孤魂野鬼。

中秋節

花好月圓人長久，月到中秋分外明

- 時間：農曆八月十五。
- 代表詩詞：但願人長久，千里共嬋娟。（蘇東坡〈水調歌頭〉）
- 民俗：祭月、賞月、賞桂花、飲桂花酒、吃月餅。
- 代表飲食：桂花酒、月餅。

古稱「仲秋節」的由來

中秋節又稱仲秋節、八月節、拜月節，也稱女兒節，或者直接就叫團圓節。依據中國古代的曆法，四季裡的每一季都分三個階段：孟、仲、季，亦即各一個月。農曆八月正好是秋季的第二個月，自然就是「仲秋」，後來才演變成中秋。

史書上有種種記載，《唐書．太宗記》就記載「八月十五中秋節」。月亮到這個時候格外圓滿，皎潔如玉，也滋養了很多的詩情。像大詩人李白，可以說是一生牽掛著這輪明月，有些詩，簡直就像兒歌一般讓人琅琅上口，例如〈古朗月行〉[1]：「**小時不識月，呼作白玉盤。又疑瑤臺鏡，飛在青雲端。**」李白天真地發問：月亮是一個白玉大盤子嗎？還是王母娘娘的鏡子？寫出了明月跟人之間的深刻關聯。

蘇東坡〈水調歌頭〉則是深沉地問道：「**明月幾時有？把酒問青天。不知天上宮**

1 李白〈古朗月行〉：
小時不識月，
呼作白玉盤。
又疑瑤臺鏡，
飛在青雲端。
仙人垂兩足，
桂樹何團團。
白兔搗藥成，
問言與誰餐。
蟾蜍蝕圓影，
大明夜已殘。
羿昔落九烏，
天人清且安。
陰精此淪惑，
去去不足觀。
憂來其如何，
淒愴摧心肝。

闕，今夕是何年。」[2]他甚至還有一點埋怨明月：「**不應有恨，何事長向別時圓？**」（月亮啊，你為什麼總是在人們別離的時候，這麼的圓滿，難道你心中是無情、有恨的嗎？）蘇東坡最後總結得好：「**人有悲歡離合，月有陰晴圓缺，此事古難全。但願人長久，千里共嬋娟。**」他體悟到人間不如意之事十常八九，團圓畢竟是少的，缺憾才是常態。

接下來，不妨從古文字裡，看「月」字的寫法，是圓還是缺？

「月」的造字原理以及演變過程

「月」的甲骨文，畫的是一彎新月。後來的金文，寫成半月形裡加了一小豎的筆畫。這一豎跟中國的神話有關：有人說是玉兔，也有人說這是吳剛一直砍不死的桂樹。無論哪個說法，都說明了這一輪月牙裡是有故事的。

甲骨文．月

甲骨文．月

金文．月

到了小篆的時候，「月」則寫得不那麼具象了。《說文解字》解釋：「**月，闕也。太陰之精。**」可見月有陰晴圓缺，缺月才是常態。中國哲學講究陰陽平衡，太陽就是天地間最大的陽，太陰就是天地間最大的陰，古人認為月亮正是「**太陰之精**」。陽，象徵著白晝、天空、男子；陰，象徵著黑夜、大地、女人。

小篆．月

---

2 蘇軾〈水調歌頭．明月幾時有〉：
明月幾時有？
把酒問青天。
不知天上宮闕，
今夕是何年。
我欲乘風歸去，
又恐瓊樓玉宇，
高處不勝寒。
起舞弄清影，
何似在人間。
轉朱閣，低綺戶，
照無眠。不應有恨，
何事長向別時圓？
人有悲歡離合，
月有陰晴圓缺，
此事古難全。
但願人長久，
千里共嬋娟。

《釋名》裡面也有相似的解釋：「**月，缺也，滿則缺也。**」意思是：從古至今，陰晴圓缺在望朔之間變化不定，盈極而虧，虧極而盈。月亮不圓滿的時候還是比較多的，一個月之中只有一天月圓，而在整整一年中，只有八月十五，月是最為圓滿的，所以人們就要過個隆重的節日。正因為有圓有缺，圓滿才顯得彌足珍貴。

以上一切完整解釋了古人為什麼不把「月」字直接畫成滿月，這是因為缺月才是人們經常看見的月亮形狀，所以宋詞才會寫出「**天外一鈎殘月帶三星**」[3]。

中秋詩詞與傳說：嫦娥應悔偷靈藥，碧海青天夜夜心

在這彌足珍貴的團圓時刻，詩人的心中湧現出很多美麗的詩篇。最為人所熟悉的，就是李白的「**舉頭望明月，低頭思故鄉**」[4]，寫出心中對家鄉的牽掛；杜甫名句「**露從今夜白，月是故鄉明**」[5]也寫出白露節氣之後，中秋思念故鄉的心情。明月真正照亮的，是人們心中的期盼、缺憾和憧憬，而這一年的明月中，中秋月色最神祕、浪漫[6]。

嫦娥奔月、吳剛伐桂、玉兔搗藥，這些籠罩在朦朧月影中的神話和傳說，都增添了中秋的韻味。從前這時候，總是有老婆婆搖著大蒲扇，旁邊放著茶、水果，手指著天上，講故事給小孫子聽，其中最著名的故事當然是嫦娥奔月：傳說嫦娥是后羿的妻子，她盜竊了西王母的不死藥，偷偷吃了，身體不由自主地飛起來，最後奔向了明月。有很

---

3 秦觀〈南歌子〉：玉漏迢迢盡，銀潢淡淡橫。夢回宿酒未全醒，已被鄰雞催起怕天明。臂上妝猶在，襟間淚尚盈。水邊燈火漸人行，天外一鈎殘月帶三星。

4 李白〈靜夜思〉：床前明月光，疑是地上霜。舉頭望明月，低頭思故鄉。

5 杜甫〈月夜憶舍弟〉戍鼓斷人行，邊秋一雁聲。露從今夜白，月是故鄉明。有弟皆分散，無家問死生。寄書長不達，況乃未休兵。

多人都在揣摩嫦娥心中是否有些後悔，例如唐代詩人李商隱寫的〈嫦娥〉，特別深情：「**雲母屏風燭影深，長河漸落曉星沉。嫦娥應悔偷靈藥，碧海青天夜夜心。**」詩人在朗朗的明月中，寄託了一個女人痛悔的心。

這個月亮上還有吳剛永遠砍不死的桂樹、有玉兔在搗藥，讓月亮多了好幾個雅致的別稱，比如有人稱之桂宮、蟾宮、月宮，將月亮想像成一座宮殿。古時候還將中科舉的人稱為「月中折桂」或是「折桂蟾宮」，這是因為秋天正好是進京趕考的時節，人們就用這個吉祥的意象，形容那些科舉登第的人。

中秋節習俗：祭月、賞月、賞桂花、飲桂花酒、吃月餅

中秋節自古就有許多習俗：祭月、拜月、賞月，也賞桂花、飲桂花酒，其中吃月餅是大家今日最熟悉的。中秋節的食物大多是圓形的，例如月餅、柚子、葡萄。這時候正好也是瓜果梨桃成熟的時候，人們吃著這些渾圓的祭品、貢品、新鮮瓜果，心中同時祈求著圓圓滿滿。

古時候的月餅只是日常點心，到了宋代才跟中秋節緊密關聯。蘇軾曾經寫過〈月餅〉一詩：「**小餅如嚼月，中有酥和飴。默品其滋味，相思淚沾巾。**」中秋吃著小糕餅，其實想的還是遠方的親人，所以月餅不只是吃起來甜蜜、開心，也有相思。《西湖

6 其他跟明月有關的詩句還包括王安石的〈泊船瓜洲〉：京口瓜洲一水間，鍾山只隔數重山。春風又綠江南岸，明月何時照我還。

遊覽志餘》指出「**月餅相邀，取團圓之義**」，因此八月十五這個中秋節，賞月吃月餅漸漸固定成為習俗。蘇東坡還曾經寫過〈陽關曲‧中秋月〉：「**暮雲收盡溢清寒，銀漢無聲轉玉盤。此生此夜不長好，明月明年何處看。**」（夜幕降臨，雲氣收盡，天地間充滿寒氣，銀河悄然無聲，在天上緩緩移動著如白玉圓盤那樣潔白晶瑩的明月。大家能一起品嚐月餅，賞著明月，其樂融融，親友在側，這樣的日子，明年就不知道是不是還看得見？）可見人們不光把賞月節視為歡樂開心的節日，內心還蘊含著無數的珍惜。

如今月餅種類多元，有京式、蘇式、廣式、潮式等，色香味愈來愈講究，也盡量少油、少糖，因為人們愈來愈重視健康。賞桂花、喝桂花酒的習俗也愈來愈豐富了，在這花好月圓的時節，大家追尋的其實都是一種期盼。

這幾年，我的朋友也愈來愈常用通訊軟體發送明月的照片，我常常在中秋前幾天，就看到大家反覆轉傳世界各地天文臺能看見的最美月亮，有高掛在樹梢、有遠在山澗，也有很近的「人在明月中」。月亮的顏色各式各樣，有白亮亮、黃燦燦，甚至還有粉紅色的。我也承認在世界不同的景觀中拍到的月亮，固然很美，相比之下和一家老小散步時看到的月亮，就不那麼明亮了，但是這份其樂融融的親情，彌足珍貴。

每當中秋節，我都衷心想跟朋友們說：別低頭看手機裡虛幻的遠方月亮，還是跟身邊的親人一起，看看自己前方也許不那麼明亮、不那麼美麗的月亮，畢竟那才是真實的。在真實的月亮前，吃過的月餅、讀過的詩詞、說過的情話，才會真正和明月的光輝化成永恆。而年復一年累積下來的這種光輝，才是我們生命中真正經歷過的中秋節。

掃一掃QR Code，聽于丹老師講「中秋節」！

重陽節

獨在異鄉為異客，每逢佳節倍思親

・時間：農曆九月初九。
・代表詩詞：佳節又重陽，玉枕紗櫥，半夜涼初透。（李清照〈醉花陰〉）
・民俗：登高、插茱萸、賞菊花、飲菊花酒。
・代表飲食：菊花酒。

重陽節是進入秋季以後的第一寒信（嚴寒將到的信息），所以也被稱為「重陽信」。重陽節不僅僅是一個節日，也標誌著整個秋季徐徐展開。民間諺語說：「夏至有風三伏熱，重陽無雨一冬晴。」意思是，如果重陽這一整天都是晴朗的，那麼該年的冬天，雨雪應該比較稀少。

標誌著「闢邪、吉祥、長壽」的節日

一千多年前，大唐詩人王維登高遠眺，用一首七絕〈九月九日憶山東兄弟〉吟誦思念之情：「**獨在異鄉為異客，每逢佳節倍思親。遙知兄弟登高處，遍插茱萸少一人。**」現在到了重陽佳節，不知道還有多少遊子有這樣的心聲，還有多少人會遙望故鄉、思念親人？

農曆的九月初九重陽節，其實是中國最悠久的傳統節日之一。「重」是重複、重合、重疊之意，重陽這一天「日」和「月」都逢九，「九」是陽數，所以「重九」也稱為「重陽」。古人認為「九」是吉祥的數字。九也是最高的單數，「九九」跟長長「久久」同音，所以就有了長久、長壽的寓意。現在我們也把每年的九月初九定為尊老節，可見傳統跟現代之間，一定是有關聯的。

「重陽」這個詞最早出現在屈原的《楚辭・遠遊》：「**集重陽入帝宮兮，造旬始而觀清都。朝發軔於太儀兮，夕始臨乎於微閭。**」不過這裡的「重陽」不是指節日，而是指「九重天」[1]。

重陽節成為中國節日的起源，在南朝梁人吳均的《續齊諧記》裡有記載：據說汝南有一位農夫桓景，早年曾經跟隨方士費長房遊學多年。有一次費長房告訴桓景，九月九日這天家裡可能會有災禍，要想避災，就要在手臂上佩戴插著茱萸的布囊、登高飲菊花酒。桓景按照費長房的指點，在九月九日這一天領著全家避開屋宅，登上高山，等到傍晚下山回家的時候，才發現雞狗牛羊都暴斃了。

後來，重陽節登高飲酒、佩茱萸囊，其實都始自這個傳說，因此重陽節還有「辟邪」的意涵。但是，今天的人更傾向擷取「九九」二字蘊含的吉祥寓意，把重九理解為長壽、長久的祝福與心願。

1 宋代洪興祖《楚辭補注》解釋「重陽」二字說：「**積天為陽，天有九重，故曰重陽。**」

「九」與「陽」的字義以及傳說典故

古人凡事分陰陽：天陽地陰、晝陽夜陰、奇數為陽，偶數為陰，《易經》裡更將九定為陽數，《說文解字》也解釋：「**九，昜之變也。象其屈曲究盡之形。**」（九是最大的陽數，字節像事物曲折變化、直至窮盡的樣子。）

「九」字的整個傳承、演變過程中，有許多故事傳說，例如：傳說中，夏禹用九條龍制服了洪水，劃定天下為「九州」，因此至今「九州」仍是中國的代名詞。

此外，「九」還出現在以下典故中：《詩經》裡有「**鶴鳴九皋**」，讚美丹頂鶴是高潔長壽的吉祥鳥。《莊子．逍遙遊》稱大鵬鳥「**水擊三千里，摶扶搖而上者九萬里**」。孔子在《論語．季氏》也曾經倡導培養九種品格，分別是「**視思明，聽思聰，色思溫，貌思恭，言思忠，事思敬，疑思問，忿思難，見得思義**」。菊花在嚴寒的金秋盛開，所以還有一個美名叫「九華」。顏師古《漢書注》裡也有記載陽數：「**陽數一三五七九，九，數之極也。**」魏文帝曹丕也曾經寫過：「**歲月往來，忽復九月九，九為陽數，而日月並應，俗嘉其名，以為宜於長久，故以享宴高會。**」

接下來，我們來看「陽」這個字，《說文解字》解釋「陽」時說：「**陽，高明也。從阜，昜聲。**」指出「陽」表示高且亮，左半邊為「阜」，右半部分的「昜」（音同「陽」）是聲旁。

小篆．陽

重陽節習俗：登高、插茱萸、賞菊花、飲菊花酒

《西京雜記》記載：漢高祖戚夫人「**九月九日，佩茱萸，食蓬餌，飲菊花酒，云令人長壽**」，可知在重陽節，有登高插茱萸、飲菊花酒、吃花糕的習俗。在這幾個習俗中，我先從登高說起。

甲骨文·登

金文·登

小篆·登

「登」的金文字形，上半部是兩隻往上走的腳，描繪一級一級登上臺階，向神靈進貢，下半部是兩隻手捧著「豆」，「豆」是古代的一種禮器，是象形字。後來，小篆省去下半部捧物品的手，所以「登」就只留下了在臺階上一步一步攀登的意思。

重陽登高，古人也稱為「登高辭青」，因為夏天一片蓊鬱青蔥的季節即將過去，草木即將凋零。三月三是踏春迎青；九月九則是登高、在秋色的包圍之中辭青，這時候秋高氣爽，天氣涼了，正是觀景的好時節，孫思邈所著《千金月令》[2]也說：「**重陽之日，必以肴酒登高眺遠。為時宴之游賞，以暢秋志。**」如今，重陽登山已經是一個民間性的盛大習俗，可以鍛鍊身體，同時呼吸清新的空氣，也有助於引領詩情到碧霄。

第二個活動是插茱萸。茱萸是常綠植物，氣味非常強烈，因此李時珍說：楚人稱之為「辣子」，越人稱之為「越椒」，蜀人稱之為「艾子」，它氣味辛烈，可以入藥，能

2《千金月令》，唐代醫藥學家、「藥王」孫思邈撰，記錄古傳秘方。

驅蚊殺蟲。把茱萸放在小香包內，掛在室內，能夠驅邪辟邪。從漢代開始，人們就把茱萸切碎放在香包裡隨身帶著，晉以後才改將茱萸插在頭上，所以唐代的王維才說：「**遙知兄弟登高處，遍插茱萸少一人。**」

第三個習俗是賞菊花、飲菊花酒。不同的作品裡，可能會表現出不同的心情，有人是開心的，有人是悲傷的。例如陶淵明在〈九日閒居〉[3]裡，就寫當他收到朋友送來的酒時，歡欣的心情。但是，也有人一見黃花觸發憂傷，就像李清照〈醉花陰〉寫道：「**薄霧濃雲愁永晝，瑞腦消金獸。佳節又重陽，玉枕紗櫥，半夜涼初透。東籬把酒黃昏後，有暗香盈袖。莫道不消魂，簾卷西風，人比黃花瘦。**」這個時候她的丈夫趙明誠不在身邊，她寫了一封信，把這首詞連同菊花酒香，寄到遠方，其中「黃花」就是菊花。李清照這首詞把自己黯然時分心中的牽掛、容顏的凋損，一切都寫出來了。我想這千古名句中提到的酒，應該是「借酒消愁愁更愁」的。

重陽節的菊花詩詞：毛澤東、周杰倫兩種詮釋風格

秋季百花凋殘，只有菊花傲然開放、壯懷激烈，這種氣節得到很多文人墨客的讚賞，因此菊花也跟梅花、蘭花一樣，是文人相當喜歡的花朵。毛澤東的詩詞〈採桑子·重陽〉就曾寫：「**人生易老天難老，歲歲重陽，今又重陽，戰地黃花分外香。一年一度**

---

3 陶淵明〈九日閑居〉
世短意常多，斯人樂久生。
日月依辰至，舉俗愛其名。
露淒暄風息，氣澈天象明。
往燕無遺影，來雁有餘聲。
酒能祛百慮，菊解制頹齡。
如何蓬廬士，空視時運傾！
塵爵恥虛罍，寒華徒自榮。
斂襟獨閒謠，緬焉起深情。
棲遲固多娛，淹留豈無成。

秋風勁，不似春光，勝似春光，寥廓江天萬里霜。」讀著這樣的詩詞，我便覺得豪情頓生。當代歌手周杰倫的歌〈菊花臺〉，也有「菊花殘滿地傷」一句，寫出很多人看見黃花時，會想起昨日心事，進而帶來無限傷感。可以說，同一朵菊花在不同時空、不同的人身上，會折射出不同的心情，人見此花時，花映人心時。

當然，我最喜歡的還是蘇東坡的說法，他曾經說過：「**菊花開時乃重陽，涼天佳月即中秋。**」[4]意思是：只要看到菊花開了，誰都可以說，遇著菊花的這一天就叫重陽節。他表達出想登高就登高、想飲酒就飲酒的一種暢快，我們在這天要是思念親人，就酣暢淋漓澎湃洶湧地思念，或是把心情傾瀉到詩句之中。

無論是登高、插茱萸，還是賞菊花、飲菊花酒，所有這些習俗，都能喚醒人心。重陽是個大日子，希望大家讀了這篇文章後，能過一個深刻的重陽節。

---

4 出自蘇軾〈江月五首·引〉：嶺南氣候不常。吾嘗云：菊花開時乃重陽，涼天佳月即中秋，不須以日月為斷也。

掃一掃QR Code，聽于丹老師講「重陽節」！

寒衣節

長安一片月，萬戶搗衣聲

・時間：農曆十月初一。
・代表詩詞：用盡閨中力，君聽空外音。（杜甫〈搗衣〉）
・民俗：燒紙錢、送冬衣。

寒衣節，顧名思義，重在「送寒衣」。現在很少有人過農曆十月初一這個節日，甚至更不知道「寒衣節」。接下來我就從「寒衣」說起，帶大家了解一下這個逐漸被人遺忘的民俗節日。

「寒」與「衣」的造字原理以及演變過程

金文·寒

小篆·寒

「寒」字在前面篇章已經說明過（詳見頁一一〇）。「寒」字形就像一個人生活在房屋裡，周圍裹滿了草，表示天氣很冷；後來，人的腳下加了「仌」，「仌」即「冰」，更強調了寒冷。因此「寒」的本義就表示「寒冷」。此外，由於冬季是寒冷的，所以「寒」還可以表示冬季。

甲骨文・衣

金文・衣

小篆・衣

再來，我們看「衣」。「衣」是象形字，字形就像上衣之形，從甲骨文到小篆，結構比較穩定，基本上是保持象形寫法；後來在隸變過程中，一些筆畫被改為平直、互相連接等，逐漸失去了象形性。

「衣」字的本義就是指上衣，《說文解字》解釋：「**衣，依也。上曰衣下曰裳。**」意思是：衣是人們遮身蔽體的必需物，上身穿的稱為「衣」，下身穿的稱為「裳」。例如《詩經・邶風・綠衣》：「**綠兮衣兮，綠衣黃裳。**」其中「綠衣黃裳」指的就是綠色的上衣、黃色的下裙。另外，中文裡還有個成語是「一衣帶水」，《南史・陳紀下》記載：「**隋文帝謂僕射高熲曰：『我為百姓父母，豈可限一衣帶水不拯之乎？』**」這是在說隋因為看見陳後主荒淫無度，決定出兵討伐陳國，而陳國在長江之南，兩國有江河相隔，但隋文帝認為這無阻自己解救南朝陳的老百姓的決心。在這裡，「一衣帶水」是比喻河流寬度像一條衣帶般狹窄，後來則泛指江河湖海不足以構成阻礙。

寒衣節習俗：燒紙錢、送冬衣

寒衣節時值每年農曆十月初一，因此也稱十月朔、十月朝、十月一、冬朔等。明清時期主要習俗為燒送紙錢、衣物，以祭祀鬼神，故多稱「（送）寒衣節」。寒衣節與送寒衣有密切關聯，因為十月為「水始冰，地始凍」的孟冬，所以在民間諺語中，北方說：「十月一，穿齊備」，南方則說：「十月朝，穿棉襖」。《詩經．豳風．七月》中也有：「**七月流火，九月授衣。一之日觱發，二之日栗烈。無衣無褐，何以卒歲。**」（七月大火星向西落，九月婦女縫寒衣。十一月北風勁吹，十二月寒氣襲人。如果沒有用粗布織成的好衣服，怎麼度過這年底？）後來，唐玄宗由其中「**九月授衣**」一句而思緣人情以制禮儀，展孝思而移風俗，下令九月一日要「薦衣於陵寢」，並且成為典式。

寒衣節的特殊聲音：長安城萬戶杵衣聲

李白有一首著名的〈子夜吳歌．秋歌〉：「**長安一片月，萬戶搗衣聲。秋風吹不盡，總是玉關情。何時平胡虜，良人罷遠征。**」一詩中的「良人」即丈夫，這首時是在敘述嚴冬到來之前的秋天，夜晚月光如水，長安城沉浸在一片此起彼落的砧杵聲中，這是征人的妻子們懷著無限思念，為戍守西北邊疆的丈夫趕製禦寒冬衣時發出的聲音。月朗風清，風將砧聲傳送出去，聲聲都是懷念身在玉關征人的深情。戰士的妻子們搗衣的原因，是因為唐代平民百姓穿的麻布纖維粗而硬，必須放在砧石上，用「杵」將其捶打得柔軟，製成衣服，穿在身上才舒適，官僚貴族穿絲織品就不需要這道工序。

杜甫也有〈搗衣〉一詩：「**亦知戍不返，秋至拭清砧。已近苦寒月，況經長別心。**

寧辭搗熨倦，一寄塞垣深。用盡閨中力，君聽空外音。」這是說妻子們或許明知丈夫可能無法生還，卻還是要為他製作禦寒的冬衣，甚至希望自己不會疲倦，用盡全力搗衣，讓聲音能被遠方的丈夫聽到。

據說，寒衣節還與孟姜女萬里尋夫送寒衣的傳說有關，所以民謠中有唱：「十月裡芙蓉十月一，家家戶戶縫寒衣。人家丈夫把寒衣換，孟姜女萬里尋夫送寒衣。」

位列「四大鬼節」：焚燒紙衣給亡故親友

冬天來了，不禁令人們牽掛起去世的親人，想著他們在郊外的地下冷嗎？我們有棉衣穿，他們有嗎？所以古代的人們，在十月初一這一天，還會送寒衣給死去的親人。不過，給死者的寒衣無法「寄」，因為陰陽阻隔，難以逾越，所以衣服只能用別的方法送達。在唐代以前，人們多把寒衣埋入墳前土中。從唐代起，開始用焚燒的方法，不過把布製的衣服燒掉，有點浪費；隨著造紙業的發達，用紙製衣成本較低，所以從那時起，人們便開始焚燒紙製衣服，以表達對死者的關懷，寄託生者的哀思。

也因此，寒衣節與春季的清明節、秋季的中元節，還有下元節，並稱為一年之中的四大「鬼節」。清代潘榮陛《帝京歲時紀勝．送寒衣》記載寒衣節的情形：「十月朔……**士民家祭祖掃墓，如中元儀。晚夕緘書冥楮，加以五色彩帛作成冠帶衣履，於門**

外奠而焚之，曰送寒衣。」胡樸安《中華全國風俗志》[1]也有介紹：「十月朔，俗稱十月朝。人無貧寒，皆祭其先，多燒冥衣之屬，謂之燒衣節。」

在安土重遷的封建社會，人民最大的理想，就是安居樂業；最大的不幸，就是離鄉背井。所以我想，在寒冷的「寒衣節」這天，能把冬衣送到離家的遠方親人手中，就是傳達關懷與慰藉最直接、溫暖的表現吧！

1《中華全國風俗志》是胡樸安在上世紀二〇年代初編成的一部有廣泛用途的全國風俗百科全書，書中對各地方誌和古今筆記、刊物中所載風俗進行了匯編。

下元節

十月半，水官下凡，解厄消災

・時間：農曆十月十五。
・代表詩詞：十月望為下元節，俗傳水官解厄之辰（胡樸安《中華全國風俗志》）
・民俗：齋三官、豎天竿、焚金銀包、祭爐神。
・代表飲食：素菜、糯米小糰子、魚肉、水果、糍粑……等祭品。

祭拜水官、祈求消災解厄的節日

俗話說：「十月半，牽礱團子齋三官」，「十月半」即農曆的十月十五，是民間傳統的下元節，又稱下元日、下元，在這一天，家家戶戶會把新穀磨成糯米粉，做成小糰子，蒸熟後用來祭拜天官、地官、水官（即三官）。

下元節源自於道教「上元、中元、下元」三元的說法，上、中、下並舉，含義明確。東漢時期，道教已吸收了傳統的民間信仰，奉天、地、水「三官」為主宰人間禍福的神靈。到了宋代，將「三官」與「三元」聯繫起來，稱「三官」為「三元」，所以上元節又稱「上元天官節」，是上元賜福天官誕辰；中元節又稱「中元地官節」，是中元赦罪地官誕辰。下元節又稱「下元水官節」，是下元解厄水官誕辰。「三元日」展示了人們對天、地、人的自然崇拜。

下元節這個傳統節日如今已很少人知道，我們先透過漢字了解一下。

「下」的造字原理以及演變過程

甲骨文·下

甲骨文·上

「下」字甲骨文字形，長橫在上，短橫在下。

那麼，舉一反三，可以推想「上」字的古文字形。「上」字的甲骨文字形，便是短橫在上，長橫在下。

金文·下

小篆·下

「下」的金文字形，承襲了甲骨文的寫法，春秋戰國時期字形再多加一豎的筆畫，篆文沿襲其寫法。「下」字的本義就是指方位，與「上」相對。

下元節與道教：舉行盛大齋醮儀式

金文·齋

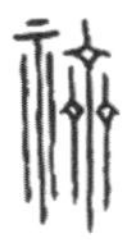

小篆·齋

下元節有修齋設醮的風俗，宋吳自牧《夢粱錄》記載：「（十月）十五日，水官解厄之日，宮觀士庶，設齋建醮，或解厄，或薦亡。」《說文》解釋「齋」：「齋，戒

潔也。」「齋」的本義是指古人在祭祀或舉行典禮前，整潔身心以示虔敬的活動。「醮」是形聲字，從酉焦聲，《說文》解釋為：「醮，冠娶禮祭。」因此「醮」的本義是指婚禮、冠禮的一種儀禮。總之，齋醮就是指請僧道設齋壇祈禱的活動。

下元日是道教齋法中規定的修齋日期之一，修齋作醮的方法大致分兩類：第一類[1]有「設供齋」，即設壇供齋醮神，藉以求福免災，供齋可以積德；還有「節食齋」，即古人於祭祀之前，應沐浴更衣，不飲酒，不吃葷，以求外則不染塵垢，內則五臟清虛，潔身清心，以示誠敬，稱為「齋戒」，齋戒可以「和神保壽」；另外是「心齋」，心齋可以讓人心平氣靜。第二類[2]有粗食、蔬食、節食、服精、服牙、服光、服元氣等。

另外，持誦、懺法、祭煉等一切法事，則屬於修齋。下元節本是道教神仙系統中的水官解厄之期，與上元、中元並舉，如今的日常生活中卻已經不太被提及，只有道教還在三元日的系統中，繼續保持著下元節的齋醮活動。

下元節習俗：齋三官、豎天竿、焚金銀包、祭爐神

關於下元節，《中華全國風俗志》記載：**「十月望為下元節，俗傳水官解厄之辰，亦有持齋誦經者。」**相傳這一天，水官會下凡，考察凡間民情，稟奏天庭，為人民解厄。因此，下元節又被稱為消災日。

---

1 道經《齋戒錄》引《混元皇帝聖紀》曰：齋法有三：一者設供齋，以積德解愆。二者節食齋，可以合神保壽。三者心齋，疏瀹其心，除嗜慾也。

2 道教典籍《雲笈七籤》卷三七引《玄門大論》稱，齋法有九，「一者粗食，二者蔬食，三者節食，四者服精，五者服牙，六者服光，七者服氣，八者服元氣，九者胎食。」粗食指麻麥。蔬食指菜茹。節食指過中不食。服精指服符水和丹英。服牙，指五方雲芽。服光指日月七元三光。服氣指六覺之氣和太和四方之妙氣。服元氣，指一切所稟三元之氣、太和之精。

下元節民間有祭祀水官的習俗，如常州地區，每年下元都會「齋三官」。常州屬於江南水鄉，所以農家對水官生日十分重視，於是就在每年的農曆十月十五水官生日的這天「齋三官」，祈求風調雨順，國泰民安。這天，幾乎家家戶戶都要用新收成的穀物磨成的糯米粉做小糰子，內餡包素菜，蒸熟後在大門外「齋天」。還有些人家會在門前豎起「天竿」，懸掛寫有「天地水府」、「風調雨順」、「國泰民安」、「消災降福」等字樣的黃旗。到了晚上，天竿頂上掛三盞燈籠，下面陳設香案，擺放魚肉、水果、糍粑等祭品和香燭祭祀水官，乞求水官保佑吉祥平安，為民眾解除困厄。

中國自古就是農業邦國，由於農業生產與水緊密相關，所以下元節在發展的過程中又融入了許多農業生產中的祭祀風俗，使其又成為一個祭祀神靈、祈禳災邪、祈求豐收的農祀節日。不僅常州如此，在福建莆田一帶，下元這天傍晚，各家各戶都會在田邊擺上齋品，在田埂上插香以祭水神，祈求水神在乾燥的冬季莊稼滋潤，農作物平安過冬。

隨著日月的流逝，下元節在民間逐步演化為多備豐盛菜肴，享祭祖先亡靈，祈求福祿禎祥的傳統祭祀節日，焚「金銀包」也成為下元節祭拜祖先的活動。所謂金銀包，就是民間折紅綠紙為仙衣，折錫箔為銀錠，裝入白紙糊的袋子中，俗稱「金銀包」，叩拜後焚燒，民國以後這種習俗就逐漸廢止了。

此外，下元節民間工匠還有祭祀爐神的習俗。爐神又稱爐火神，是道教三大尊神之一的太清道德天尊，也就是神話中的太上老君。在《西遊記》第七回中，太上老君用八卦爐煉九轉金丹，結果被孫悟空偷吃了，老君將他打入八卦爐，非但沒有燒死孫悟空，反而練就了他的鋼筋鐵骨，火眼金睛。老君之所以被奉為爐神，大概是因為他煉丹的緣故，所以舉凡與金屬、爐火有關的工匠便會供奉爐神，尊為師祖，祈求爐神保佑自家生意能夠像爐火那樣紅火興旺。

國家圖書館出版品預行編目資料

于丹品漢字【24節氣‧14個歲時節慶】：從甲骨文到古詩詞，邂逅古典時光之美　/ 于丹作. -- 初版. -- 新北市：野人文化出版：遠足文化發行, 2019.08
　面；　公分. -- (點墨齋；19)
ISBN 978-986-384-360-3(平裝)

1.漢字 2.節氣 3.通俗作品

802.2　　108009111

野人文化官方網頁　野人文化讀者回函

于丹品漢字
【24節氣‧14個歲時節慶】
線上讀者回函專用 QR CODE，你的寶貴意見，將是我們進步的最大動力。

點墨齋 19

于丹品漢字
24節氣‧14個歲時節慶
從甲骨文到古詩詞，邂逅古典時光之美

作　者　于丹

野人文化股份有限公司		讀書共和國出版集團	
社長	張瑩瑩	社長	郭重興
總編輯	蔡麗真	發行人兼出版總監	曾大福
責任編輯	陳瑾璇	業務平臺總經理	李雪麗
協力編輯	溫智儀	業務平臺副總經理	李復民
專業校對	魏秋綢	實體通路協理	林詩富
行銷企劃	林麗紅	網路暨海外通路協理	張鑫峰
封面設計	莊謹銘	特販通路協理	陳綺瑩
內頁排版	洪素貞	印務	黃禮賢、李孟儒、王雪華

出　版　野人文化股份有限公司
發　行　遠足文化事業股份有限公司
地址：231新北市新店區民權路108-2號9樓
電話：（02）2218-1417　傳真：（02）8667-1065
電子信箱：service@bookrep.com.tw
網址：www.bookrep.com.tw
郵撥帳號：19504465遠足文化事業股份有限公司
客服專線：0800-221-029
法律顧問　華洋法律事務所　蘇文生律師
印　製　凱林彩印股份有限公司
初版首刷　2019年08月

歡迎團體訂購，另有優惠，請洽業務部（02）22181417分機1124、1135

野人
野人文化
讀者回函卡

書　名

姓　名　　　　　　　　　　□女 □男　　年齡

地　址

電　話　　　　　　　　手機

Email

□同意 □不同意　　收到野人文化新書電子報

學　歷	□國中(含以下)	□高中職	□大專	□研究所以上
職　業	□生產/製造	□金融/商業	□傳播/廣告	□軍警/公務員
	□教育/文化	□旅遊/運輸	□醫療/保健	□仲介/服務
	□學生	□自由/家管	□其他	

◆你從何處知道此書？
□書店：名稱 ______________　□網路：名稱 ______________
□量販店：名稱 ______________　□其他 ______________

◆你以何種方式購買本書？
□誠品書店 □誠品網路書店 □金石堂書店 □金石堂網路書店
□博客來網路書店 □其他 ______________

◆你的閱讀習慣：
□親子教養 □文學 □翻譯小說 □日文小說 □華文小說 □藝術設計
□人文社科 □自然科學 □商業理財 □宗教哲學 □心理勵志
□休閒生活（旅遊、瘦身、美容、園藝等） □手工藝／DIY □飲食／食譜
□健康養生 □兩性 □圖文書／漫畫 □其他 ________

◆你對本書的評價：（請填代號，1. 非常滿意　2. 滿意　3. 尚可　4. 待改進）
書名 _____ 封面設計 _____ 版面編排 _____ 印刷 _____ 內容 _____
整體評價 _____

◆你對本書的建議：

野人文化部落格 http://yeren.pixnet.net/blog
野人文化粉絲專頁 http://www.facebook.com/yerenpublish

23141
新北市新店區民權路108-2號9樓
野人文化股份有限公司 收

野人

請沿線撕下對折寄回

野人

書號：0NIN0019